14/12 '15   Joyeux Noël à

Santé, amour
chère Belle maman
Je vous aime
marie - Nicole
x x x

Les Carillons du bonheur

Luanne Rice

Les Carillons du bonheur

Traduit de l'anglais (États-Unis)
par Laure Joanin

ÉDITIONS FRANCE LOISIRS

Titre original : *Silver Bells. A Holiday Tale*

Édition du Club France Loisirs,
avec l'autorisation de Bernard Pascuito éditeur

Éditions France Loisirs,
123, boulevard de Grenelle, Paris
www.franceloisirs.com

ISBN : 2-7441-9455-7

Au Frère Luke Armour

Remerciements

Avec mon affection et ma gratitude à Audrey et Robert Loggia.

Je tiens à exprimer ma reconnaissance à E.J. McAdams, le directeur du New York City et l'ancien Urban Park Ranger qui m'a présenté les hiboux de Central Park et les gens qui s'en occupent.

Un grand merci, et toute ma tendresse, à Karen Ziemba.

Je remercie pour leur soutien Juan Figueroa, Anthony Lopez, Raul Salazar, Sixto Cruz, Jerry de Jesus et Emil Estrada.

Avec toute mon admiration pour Mia Onorato et le BDG pour leurs recherches insatiables dans de nombreux domaines.

Ma tendresse va aussi à Cirillo : un photographe extraordinaire.

Toute mon affection et mes remerciements à Irwyn Applebaum, Nita Taublib, Tracy Devine, Kerry Buckley, Barb Burg, Susan Corcoran, Betsy Hulsebosch, Carolyn Schwartz, Cynthia Lasky, Jim Plumeri, Anna Forgione, Virginia Norey et tout le personnel de Bantam Books.

Toute ma gratitude à Robert G. Steele pour les magnifiques jaquettes de ce livre.

Susan, Mowgli et Sugar Ray connaissent toute la vérité et je leur en serai reconnaissante à jamais.

Maggie, May et Maisie gardent un œil sur Chelsea, sur chacune d'elles... et sur moi.

Je suis également très reconnaissante à tous ceux qui m'ont appris à regarder le monde autrement, au-delà du visible, et de rechercher ce que l'on ne peut voir qu'avec le cœur... Je pense surtout à Leslie. Je garde en mémoire le souvenir du Frère William « Rip » Collins, C.Ss.R.

I

Durant l'été, les arbres avaient poussé et tandis que leurs feuillages s'épaississaient et que leurs branches se tendaient vers les rayons du soleil, leurs racines s'étaient gorgées de la terre bienfaisante et riche de l'île. Le vent salé qui soufflait de l'est avait peu à peu recouvert les pins d'une délicate pellicule argentée. Personne n'ignorait que les plus beaux sapins de Noël provenaient des régions nordiques, et plus particulièrement de Nouvelle-Écosse. Dans ce pays, les étoiles paraissaient suspendues très bas dans le ciel et leur lumière qui se nichait dans les branches chargeait les fines aiguilles d'étincelles magiques. Là-bas, les forêts puisaient leur force dans l'océan et leur éclat dans la voûte céleste.

Au creux de la Pleasant Bay de Cape Breton, à l'extrémité désolée de la Nouvelle-Écosse, se trouvait l'exploitation forestière de Christopher Byrne. Sa famille avait émigré d'Irlande vers le Canada lorsqu'il était enfant, après avoir répondu à une petite annonce qui cherchait du personnel pour travailler sur une plantation de sapins de Noël. Le travail était pénible et mal rétribué et Christopher se rappelait être souvent allé se coucher, la faim au ventre.

À douze ans, il mesurait déjà un mètre quatre-vingts et grandissait si vite que ses parents peinaient à le nourrir. Sa mère en était réduite à sacrifier sa propre ration de nourriture pour l'aider à supporter la violence des éléments. Car, quelles que soient les conditions climatiques – les assauts du vent du nord, les tempêtes de neige de l'Arctique ou les étés caniculaires qui embrasaient le sol – Christy travaillait. Il ne s'arrêtait que lorsque résonnait la cloche du dîner que sa mère actionnait au soleil couchant, signe que la journée était terminée. Christy aimait ce bruit car, même si la table était pauvre, il était toujours assuré de recevoir une assiette pleine et son comptant d'amour.

C'était la faim qui avait fait de Christy un travailleur forcené et l'avait poussé à la réussite. Il économisait chaque penny, achetait sans cesse de nouvelles terres, puisant dans les dons et les instincts hérités de son père la force de planter des arbres et de survivre dans une nature hostile. L'amour que lui avait témoigné sa mère l'avait rendu généreux et attentif à sa progéniture. Il était convaincu d'être un bon père. Personne ne pouvait en douter : rien n'avait plus d'importance à ses yeux que ses enfants. C'est pour cela que cette année-là, alors qu'il abattait ses résineux sur le flanc de la montagne avant de partir les vendre aux États-Unis, son cœur brûlait à la fois d'espoir et de détresse.

Tous les ans, le premier jour de décembre, Christy se rendait à New York, à l'exemple des autres forestiers qui descendaient des plaines de Winnipeg, des forêts enneigées du nord de Toronto et de l'est du Québec, des exploitations du Vermont et du Maine, des lacs du Wisconsin et des splendides péninsules du Michigan, en direction de l'île de Manhattan. Les sapins coupés et ligotés étaient chargés sur des semi-remorques, puis tractés sur les ponts illuminés qui enjambaient l'Hudson et l'East River, avant d'être déchargés aux coins des rues de Little Italy, de Gramercy Park, de Tribeca et de Morninside Heights.

Les forestiers, qui espéraient tous gagner en quatre semaines le revenu d'une année, formaient une troupe dépenaillée vêtue de salopettes et de vestes Carhartt. Certains arrivaient en caravanes tels des gitans et, après avoir garé leurs engins rugissants sur le bord du trottoir, passaient le mois de décembre dans leur mobile home mal chauffé, d'où s'échappaient des volutes de monoxyde de carbone. La plupart accrochaient sur le toit de leurs véhicules une immense effigie clignotante de Santa Claus ou un bonhomme de neige.

Contrairement à ses collègues, Christy avait longtemps voyagé seul. Laissant sa famille derrière lui, il installait son stand au coin d'une rue de Chelsea, le décorait avec des guirlandes lumineuses blanches qui mettaient en valeur ses conifères parsemés de cristaux de sel. Grâce à son bagout d'Irlandais, il vendait sa production en un temps record afin de rentrer chez lui pour le réveillon de Noël – ses valises remplies de bonbons, de noisettes, de chocolats fins et de fromages provenant des meilleurs marchés de Manhattan. Il rapportait des poupées aux cheveux dorés, des soldats de plomb, des patins argentés et des luges Fexible Flyers pour Bridget et Danny, des pulls en cachemire rouge et des chemises de nuit en soie crème pour Mary. Pourquoi ne pas dépenser une grande part de mes bénéfices pour ma famille ? se disait-il. Après tout, ce n'est que justice qu'ils profitent de ce que m'ont donné ces riches new-yorkais.

De retour chez lui, il aimait à raconter son séjour dans la ville lumière et avait coutume de s'adresser ainsi à Danny :

« Quand nous serons associés, tu posséderas la moitié de l'exploitation. Étudie bien à l'école, mon garçon. On ne devient pas producteur de sapins comme ça ! Tu dois apprendre les sciences – connaître la météo, l'acidité des sols. »

De telles remarques faisaient rire Mary qui

ne comprenait pas pourquoi il fallait faire des études pour gérer une exploitation forestière. Christy en était blessé. Jamais sa femme n'avait voulu reconnaître la difficulté d'une telle tâche. Son père avait passé deux ans au College d'Halifax et travaillait dans une conserverie de homards. Christy savait qu'elle nourrissait le même rêve que lui pour leur fils.

« Bien sûr, cela ne suffit pas, ajoutait Christy, conscient que Danny l'écoutait attentivement. Cultiver une terre exige que l'on donne le meilleur de soi-même – rien que le meilleur ! C'est une mission noble et magique de faire pousser des arbres de Noël avec seulement de la terre et les rayons du soleil.

— Et des précipitations, renchérissait Danny. Il faut des pluies modérées et des fronts occlus. »

Devant l'air sérieux et les mots savants de son fils, Christy ne pouvait s'empêcher de rire, le cœur empli d'affection.

Depuis la mort de Mary, survenue quatre ans plus tôt à la suite d'une crise cardiaque, Christy avait été forcé d'emmener ses enfants avec lui à New York. La première fois, Danny avait douze ans, Bridget, huit. Lorsque son fils avait aperçu les gratte-ciel, les ponts et les vitrines féeriques, il était resté émerveillé, les yeux lui sortant presque des orbites.

« C'est ça, New York ? avait-il demandé, éberlué. C'est si… grand, papa ! On dirait une forêt d'immeubles, avec toutes ces lumières !

— Ne perds pas de vue l'exploitation, l'avait prévenu Christy.

— Jamais, papa ! » avait répliqué Danny.

Christy louait deux chambres dans la pension de famille de Mme Quinn, située sur la Neuvième Avenue, à quelques centaines de mètres de son stand. Une grande pièce pour lui et Danny, une plus petite pour Bridget. Ces dépenses ne grevaient pas son budget car ses sapins de Douglas ou d'Écosse et ses épicéas bleus ou blancs étaient d'une telle beauté que les New-Yorkais étaient toujours prêts à payer le double de ce qu'ils donnaient à ses concurrents. Le soir, avant de partir, il tendait une chaîne autour de ses arbres de peur qu'on les lui vole – et ne dormait que d'un œil. Il n'avait aucune confiance : au même titre que les mendiants, les riches étaient du genre à chaparder tout ce qui leur tombait sous la main.

« C'est comme ça qu'ils s'enrichissent » répétait-il malgré la désapprobation de Mary, qui lui reprochait son cynisme.

« Ce sont eux qui nous font vivre toute l'année, qui paient nos impôts fonciers et qui financeront les études de ton fils – si jamais tu acceptes de l'éloigner de la ferme suffisamment de temps pour l'envoyer au College. Alors, cesse de les critiquer, disait-elle.

— Bah ! Ils ont tellement d'argent qu'ils ne se soucient même pas de l'air qu'ils respirent, rétorquait Christy, sans relever sa phrase désobligeante. Pour eux, la neige n'est qu'une nuisance qui abîme leurs chaussures coûteuses. Ils sont tellement pressés de se mettre à l'abri du vent, qu'ils en oublient de sentir ses morsures sur leurs visages. Pourtant, c'est la seule chose qui pourrait leur prouver qu'ils sont vivants.

— Tu es bien content de leur prendre leurs dollars.

— Certes, mais ils en ont bien assez ! Crois-moi, cela ne leur manquera pas. Si je doublais mes prix, je suis sûr que je vendrais mes arbres deux fois plus vite. Les riches adorent dépen-

18

ser leur fric. Plus c'est cher, plus ils ont des raisons de se vanter.

— Tes idées sont scandaleuses, Christy Byrne, râlait Mary en secouant la tête. Vendre des sapins de Noël avec une telle mentalité est un péché. Un jour, tu auras des problèmes, je te le jure. »

Christy ne répondait pas. Qu'en savait Mary? se demandait-il en arpentant les forêts gorgées de pluie et balayées par la brise estivale ou les rives des cours d'eau aussi limpides que du cristal. Elle venait d'une famille cossue et n'avait jamais connu la faim. Comment aurait-elle pu apprécier le plaisir de calculer les bénéfices que lui apportaient les mois de décembre?

Cet hiver-là, les paroles de Mary résonnaient d'une façon particulière dans l'esprit de Christy. Tandis que la scierie marchait à pleine puissance et crachait des copeaux de bois, parachevant ainsi la destruction effrénée de la nature, Christy était forcé de reconnaître qu'elle avait eu raison. Manhattan s'était vengée. Elle s'était payée en nature comme si elle exigeait qu'il rembourse l'argent qu'elle lui avait donné au fil des années.

En punition de son avidité, elle lui avait pris son bien le plus précieux : son unique fils.

Trois hivers dans la ville lumière avaient représenté une trop grande tentation pour l'adolescent. À Noël dernier, à la fin d'une saison particulièrement florissante, Danny avait informé son père qu'il ne rentrerait pas avec lui et sa sœur Bridget en Nouvelle-Écosse. Il avait l'intention de demeurer à New York – d'y trouver un travail et d'y faire sa vie.

« Que veux-tu dire ? s'était indigné Christy. De quoi parles-tu ?

— Laisse-moi partir, papa – je ne peux pas t'expliquer. Tu ne comprendrais pas.

— Tu veux rester à New York ? Es-tu devenu fou ? »

La tension entre les deux hommes était montée d'un cran. Fou de colère, Christy avait agrippé son fils par la manche et, sentant qu'il était sur le point de lui échapper, avait resserré son étreinte.

« On n'a jamais discuté de ça, avait crié Danny. On ne parle jamais de rien. Il n'y a que l'exploitation qui compte pour toi. C'est ton droit, mais moi, j'ai quelque chose à faire maintenant. Je dois suivre mon rêve. Tu m'as appris à ne pas perdre de temps en parlottes quand le travail attend. »

Danny avait raison. C'était ce que Christy lui avait enseigné. Parler était un luxe lorsqu'il y avait une plantation à s'occuper. Bien sûr, ce que Danny ignorait, c'est que son père avait peur de tout ce qui ressemblait de près ou de loin à une conversation. Il craignait les questions auxquelles il ne pouvait pas répondre et redoutait la violence des émotions. Il aimait ses enfants avec passion, au-delà des mots.

Devant le regard déterminé et farouche de Danny, Christy s'était senti blessé et piqué au vif. Comment son fils pouvait-il porter en lui des désirs dont il ignorait tout ? En son for intérieur, il savait qu'il était le seul à blâmer – il n'avait jamais eu une écoute facile. Mais il refusait que Danny s'installe à New York... Il ferait tout pour l'en empêcher. Christy avait crispé son poing sur la manche de l'adolescent qui s'était dégagé d'un mouvement brusque.

Ainsi avait eu lieu leur premier face-à-face père-fils – au coin d'une rue de Chelsea.

Ils s'étaient battus sur le bord du trottoir. En luttant pour le retenir, Christy avait déchiré l'anorak de Danny – une nouvelle doudoune qu'il lui avait achetée au début de la saison. Dans un tourbillon de plumes, le coude du garçon s'était accidentellement écrasé sur son nez. Indifférent au sang qui lui coulait dans les yeux, Christy avait tenté de le maîtriser. Il voulait au moins lui parler, lui faire entendre raison... Malgré les cris de Brigdet qui assistait à la scène, les deux hommes avaient roulé sur le pavé enneigé. Lorsque la police était arrivée, sirènes hurlantes, une main de fer s'était abattue sur Christy et l'avait menotté, les poignets dans le dos. Danny en avait profité pour s'enfuir. Christy l'avait suivi du regard tandis qu'il se faufilait en hâte au milieu de la foule des badauds, ses cheveux éclairés par les gyrophares, semant derrière lui des lambeaux de duvet blanc, tels des flocons de neige. Il ne l'avait pas revu depuis.

« Il fait un froid glacial, dehors, avait-il lancé au flic qui enregistrait sa déposition au Central Precinct. Il va grelotter avec son anorak déchiré.

— C'est le soir de Noël, vous auriez dû y

penser avant de le frapper », avait rétorqué l'officier.

Il s'appelait Rip Collins.

Trop fier pour protester ou exprimer son chagrin et ses peurs à un policier new-yorkais, Christy avait gardé le silence. Que pouvait comprendre cet homme ? Les habitants de cette ville violente et bruyante ne connaissaient rien à la vraie vie. Avec leurs néons de pacotille, leurs marchands du temple et leur cupidité, ils étaient tout juste bons à se faire rouler en payant des fortunes pour un simple sapin !

Après avoir été remis en liberté sous contrôle judiciaire, Christy avait repris le chemin de la pension de Mme Quinn. Son sang bouillonnait dans ses veines. Il espérait contre toute attente que son fils serait là-bas à l'attendre. Mais il n'avait trouvé que Bridget, assise sur son lit, le visage humide de larmes. Christy avait fait leurs bagages, et le cœur lourd, était rentré avec elle au Canada.

Lors de l'audience préliminaire qui s'était tenue en mars, l'officier Rip Collins avait expliqué les faits au médiateur en charge de l'affaire et, comme Danny restait introuvable en dépit des recherches qui se poursuivaient à New York, Christy avait bénéficié d'un non-lieu. Mais cela ne l'avait pas soulagé. Au contraire. Aux yeux de la police et du système judiciaire, il n'était qu'une statistique de plus.

On était début décembre et, comme tous les ans, le camion était prêt pour gagner New York. En un an, Christy n'avait reçu qu'une seule carte postale de son fils, avec une vue du Brooklyn Bridge. Il n'avait écrit que ces quelques mots : « Tout va très bien. Ne vous inquiétez pas pour moi. » Aucune mention de l'endroit exact où il se trouvait ni sur la façon dont il parvenait à se débrouiller. Il ne parlait ni de sa sœur, ni de leur plantation de cent vingt hectares de sapins, perdue à l'autre bout du monde. Il était né sur une terre magique peuplée d'aigles chauves, d'ours noirs, de renards roux ou argentés et de grands ducs d'Amérique, et l'avait quittée pour des cavernes urbaines, grouillantes de joueurs et d'arnaqueurs. Christy détestait profondément New York et aurait souhaité ne jamais y remettre les pieds. Mais il n'avait pas le choix. Il était obligé d'ouvrir son stand dans le quartier de Chelsea, de le décorer de guirlandes électriques afin d'attirer les clients, de sourire jusqu'à en avoir des crampes à la mâchoire, et de vendre au mieux ses résineux pour alimenter son compte en banque. Surtout, il devait s'installer au même endroit, au cas où Danny chercherait à le retrouver.

« Allez, Bridget, cria-t-il du bas des escaliers. On y va ! »

La fillette apparut sur le palier, traînant une énorme valise derrière elle.

« Qu'est-ce que c'est que ça ? s'étonna Christy.

— Ce sont mes affaires, papa.

— Tes bagages sont déjà dans le camion, Bridget ! On ne part que vingt-quatre jours. Qu'est-ce que tu as mis là-dedans ?

— Des jolies robes, papa. »

Ses yeux verts étincelaient. Christy la contempla avec émotion. Elle approchait de ses treize ans et devenait une vraie jeune fille. Elle avait rassemblé ses jolis cheveux châtains en queue-de-cheval et les avait noués avec un ruban de velours bordeaux déniché Dieu sait où. Pourquoi pense-t-elle avoir besoin de vêtements de fête ? se demanda Christy.

Je travaille tous les jours, elle n'aura pas l'occasion de les porter.

« Bridget... commença-t-il.

— Lorsque Danny reviendra, nous l'emmènerons dans un magnifique endroit pour célébrer son retour.

— Laisse ça ici. Sois gentille, partons.

— J'ai vu un programme sur New York à la télé, s'exclama-t-elle sans reprendre son souffle en faisant rebondir sa valise sur les marches. Il existe là-bas des endroits merveilleux où on n'est jamais allés. Danny adorerait ça. Des palaces, papa ! Décorés de cristal et de dorures, et d'arbres de Noël plus grands que ceux qui sont sur la montagne, tout couverts de guirlandes et de minuscules bougies. On dirait un pays de conte de fées ! Les filles y boivent le thé avec leurs pères et les garçons portent des cravates. Les gens ont l'air heureux, ils profitent des vacances.

— Ce n'est pas comme ça que tu passes les tiennes, rectifia-t-il d'un ton bourru.

— Mais il faudra faire quelque chose d'exceptionnel quand Danny reviendra.

— Monte dans le camion, maintenant ! »

Il lui montra la porte d'entrée d'un doigt

impérieux et elle obtempéra, la mine bou-
deuse, en claudiquant sous le poids de sa
valise. À contrecœur, Christy la lui prit des
mains et la cala derrière le siège puis claqua
les portières. Il avait allumé le chauffage bien
avant l'heure du départ, mais il était persuadé
que Bridget ne l'avait pas remarqué. Au fond,
cela lui faisait plaisir. C'était la meilleure façon
qu'il avait de savoir que ses enfants recevaient
ce dont ils avaient besoin. Jamais ils ne faisaient de commentaire lorsqu'ils avaient assez
chaud ou assez mangé. Ils considéraient le
confort comme un dû, ce que tout enfant
devrait faire. Christy se jura de ne jamais forcer Danny à revenir à la maison – il devait
juste s'assurer qu'il n'avait pas faim et que
son rêve lui était accessible. L'œil fixé sur la
colline qui descendait vers la mer, il pensa
qu'aucun désir n'équivalait celui-là. Tout cela
appartenait à Danny et Bridget. S'il avait pu
enchaîner le vent, capturer les rayons du
soleil, il l'aurait fait. Et il les aurait offerts à ses
enfants.

« On va voir Danny, lança Bridget, tu devrais
être heureux. »

Involontairement, il avait esquissé une

grimace. Au prix d'un grand effort, il tenta de décrisper sa mâchoire et de reprendre sa contenance afin de ne pas la bouleverser. Mais son cœur saignait. Plus il arborait un air impassible, plus les espoirs de sa fille augmentaient. Et le souvenir de la carte postale le plongeait dans le désespoir.

Le semi-remorque de location sur lequel il avait hissé les arbres l'attendait au bout du chemin, en crachant de gros nuages noirs qui s'amassaient dans l'air froid et limpide du golf du Saint-Laurent. Quand le chauffeur aperçut le pick-up de Christy, il donna un grand coup de klaxon. Les deux véhicules se mirent en route l'un derrière l'autre. Dans deux jours, ils seraient à New York.

II

La saison de Noël démarrait chaque année de plus en plus tôt. Avant, c'était généralement le lendemain de Thanksgiving que Manhattan commençait à se couvrir de décorations. Catherine Tierney avait l'impression qu'aujourd'hui, cela démarrait en octobre – même si les boutiques de primeurs regorgeaient encore de citrouilles et que les étagères des épiceries croulaient sous les bougies d'Halloween. En plein cœur de l'automne, New York revêtait ses habits d'hiver, et le cœur de Catherine se faisait de plus en plus lourd.

Au fil du mois de novembre, des guirlandes électriques blanches apparaissaient dans les vitrines du centre-ville et des Santa Claus munis de clochettes se postaient devant chez Lord & Taylor ou chez Macy's, tandis que les passants emplissaient de pièces et de billets leurs tirelires en métal. Les orchestres de l'Armée du Salut jouaient *Silent Night* ou *God Rest Ye Merry, Gentlemen* sur la Cinquième Avenue devant un public captif qui admirait les devantures illuminées. Le visage fermé, Catherine se hâtait de traverser les attroupements de badauds, soucieuse de dissimuler la peine qu'elle ressentait en entendant ces cantiques.

Dès la première semaine de décembre, la ville battait au rythme des vacances. Les hôtels se remplissaient de touristes venus faire des courses ou assister au *Casse-Noisette* annuel du City Ballet, au Show de Noël de Radio's City, au *Messie* de Haendel et, bien sûr, à l'illumination de l'arbre du Rockefeller Center. Sur les avenues, les taxis jaunes roulaient roue contre roue et, sur le chemin menant au métro, des hordes de gens cheminaient dans leurs épais manteaux d'hiver, bousculant Catherine au passage.

Catherine Tierney travaillait comme bibliothécaire aux archives privées de la Rheinbeck Corporation. Les Rheinbeck, qui avaient fait fortune dans la banque puis dans l'immobilier, étaient des philanthropes, soucieux d'art et d'éducation. Leur bibliothèque occupait le cinquante-quatrième étage d'un immeuble situé au coin de la Cinquième Avenue et de la 59e Rue, juste en face du Grand Army Plaza à l'entrée de Central Park.

La tour Rheinbeck, d'architecture gothique, arborait des fenêtres en arc brisé, des clochetons, des arcs-boutants, des piliers, des pignons et des gargouilles, et s'élevait sur soixante étages jusqu'à une balustrade en pierre sculptée qui offrait une vue étourdissante sur le parc – le poumon vert de trois cent quarante hectares situé au cœur de la ville. La façade de l'édifice, éclairée toute l'année de lumières dorées dans le style parisien, scintillait de vert et de rouge au moment des vacances. Dans l'entrée, un vestibule vertigineux ouvert sur quatre voûtes en berceau, trônait un immense sapin décoré de boules colorées. Les mosaïques de style byzantin étincelaient comme de l'or et des guirlandes faites de feuillages tressés s'enroulaient autour des balcons ornés de fresques, du deuxième étage.

Tous les ans, à l'heure du déjeuner, des chorales provenant des différentes écoles de la ville se produisaient dans ce hall.

Cet après-midi-là, quand Catherine revint à son travail, un sandwich à la main, elle fit halte une minute pour les écouter. Les voix des enfants, douces et pures, se mêlaient les unes aux autres dans une harmonie parfaite. Seule, une petite fille dans la rangée du fond n'était pas en rythme. Catherine la regarda. Tête rejetée en arrière, de grandes nattes châtaines balayant ses épaules, elle chantait de tout son cœur, la bouche grande ouverte. La chef de chœur la fusilla d'un regard glacial et, d'un geste autoritaire, l'obligea à s'arrêter. La gamine se tut brutalement et des larmes apparurent dans ses yeux écarquillés. L'estomac de Catherine se serra. Elle eut brusquement envie de fuir, de grimper les escaliers quatre à quatre pour éviter d'intervenir – se précipiter sur la directrice de la chorale pour lui reprocher son manque de charité. C'est ce que Brian aurait fait.

Le regard incrédule de la fillette hanta

Catherine tout l'après-midi. La honte qu'elle avait dû ressentir d'avoir été brutalement interrompue au milieu d'un couplet de *Joy to the World* lui était insupportable. Incapable de se concentrer sur sa tâche – qui consistait à répertorier les anges en pierre et les gargouilles des immeubles de Manhattan – elle ne cessait de revivre cette scène. Elle était impatiente de rentrer chez elle et d'oublier cette journée.

À 17 heures 30, elle ferma la porte de son bureau et se dirigea vers le métro. Elle vivait à Chelsea, un quartier situé à l'ouest de la Sixième Avenue, entre les 14e et 23e Rues. Là-bas, rien n'était ordinaire. La Huitième Avenue présentait un visage espiègle, avec ses vitrines parées de guirlandes de poivrons rouges, de Santa Claus dans leurs traîneaux tirés par huit flamingos et de bougies en forme de Grinch et de Betty Lou Who. Dans les rues transversales, les bâtisses en brique rouge d'inspiration grecque ou italienne, desservies par de petites allées et fermées par des grilles en fer forgé ouvragé, fleuraient bon le XIXe siècle.

À l'approche de Noël, certains résidents

les décoraient avec du houx anglais, du laurier, des rameaux de feuillages persistants, des couronnes Della Robbia, des rubans rouges et des boules dorées et argentées, comme si Chelsea appartenait encore au vaste domaine de Clement Clarke Moore, l'auteur d'*Une visite de Saint Nicholas.* C'était tellement discret qu'on n'était pas obligé de le remarquer.

Lorsque Catherine descendit du métro E au coin des 23e et 28e Rues, elle poussa un soupir de soulagement. Ici, on apercevait le ciel. L'air était glacial, clair comme du cristal et si sec que la moindre inspiration était douloureuse. Elle portait des bottes élégantes et un court manteau de lainage noir, mais le froid lui piquait les genoux et les orteils. Elle traversa d'abord la 22e Rue Ouest et, parvenue à la Neuvième Avenue, elle prit en direction du sud. Soudain, elle se raidit en apercevant le vendeur de sapins. Son pouls se mit à battre à tout rompre. L'espace d'une seconde, elle hésita à changer de trottoir pour éviter de croiser son regard.

L'année dernière, elle avait été témoin de la bagarre survenue entre lui et son fils, et elle s'était persuadée qu'il ne reviendrait pas dans le quartier. Pourtant, il était là, entouré de ses sapins et de ses épicéas odorants qui transformaient la rue en forêt montagnarde. Alignés devant une librairie de livres anciens, deux boutiques de stylistes d'avant-garde, une nouvelle boulangerie, un fleuriste et la chapellerie Chez Liz, les arbres prenaient presque toute la place.

Fidèle à l'extravagance qui régnait à Chelsea, Lizzie vendait des chapeaux de sa fabrication, ainsi que des recueils de poésie introuvables et de vieux services en porcelaine. Quand elle était d'humeur joyeuse, elle dressait une table en acajou au milieu de son magasin avec des tasses et des soucoupes Spode et Wedgwood et servait le thé à qui voulait.

En repérant l'homme à quelques mètres devant elle, Catherine se sentit si nerveuse qu'elle fonça vers la boutique de Lizzie dans l'intention de s'y faufiler. Mais, malgré la lueur tamisée des lampes en soie qui filtraient à travers les vitres, elle était fermée – Lizzie et Lucy étaient déjà parties.

« Elle a fermé tôt ce soir, elle et la petite avaient un rendez-vous, claironna le sylviculteur en s'adossant à son installation de fortune. (Un large panneau de pin brut qui supportait de nombreuses couronnes, des guirlandes et des rameaux de feuillages.) Quand je l'ai vue aussi jolie avec son chapeau en velours noir orné d'une plume de paon, je lui ai demandé si elle allait à l'opéra. Ou peut-être au Irish Repertory Theater? »

Il pointa le menton en direction de la 22e Rue où se trouvait le théâtre.

« Hmm », fit Catherine, qui avait une furieuse envie de s'en aller.

Malgré ses gants, elle avait les mains moites.

« Elle m'a dit qu'elle allait au *banquet*. »

Catherine dissimula un sourire. C'était bien l'expression de Lizzie.

« Si elle était ici, je suis sûr qu'elle vous dirait de m'acheter un joli sapin de Nouvelle-Écosse, ajouta-t-il en sautillant d'un pied sur l'autre pour se réchauffer tandis que son accent irlandais s'échappait de sa bouche en petits nuages de condensation. Et une couronne pour votre porte d'entrée. Je vous vois passer tous les jours et vous m'avez l'air de quelqu'un qui adore les épicéas blancs... »

L'homme était grand et sa veste en toile

défraîchie mettait en valeur ses épaules carrées. Il avait des cheveux châtain clair, mais bien qu'il fasse déjà noir, Catherine remarqua qu'ils étaient plus gris que l'année passée. Délaissant le poêle à kérosène devant lequel il se chauffait les mains, il fit un pas vers elle. Au souvenir de la scène qui avait eu lieu au même endroit, à Noël dernier, elle eut un brusque mouvement de recul.

« Je ne veux pas d'épicéa blanc, se récria-t-elle.

— Vraiment ? Alors, peut-être un bleu...

— Je ne veux rien du tout. »

Depuis l'incident de la chorale, elle avait la migraine et mourait d'envie de rentrer chez elle.

« Regardez ces aiguilles, poursuivit-il en brossant une branche de sa main nue. Elles sont aussi fraîches que le jour où l'arbre a été coupé – elles ne tomberont jamais. Et voyez comme elles brillent ! C'est grâce à l'écume de sel du Cape Breton... On dit que la lumière des étoiles se laisse prendre dans les... »

Il s'interrompit au milieu de sa phrase et sa voix mourut comme s'il avait oublié ce qu'il disait ou n'avait plus le cœur de faire son boniment. Ses yeux, brillants quelques minutes plus tôt, étaient maintenant aussi ternes que de la neige durcie sur un trottoir. Leurs regards se croisèrent un court instant, puis tous deux baissèrent la tête. Tandis que Catherine se composait un visage impassible pour l'empêcher de lire dans ses pensées, son cœur battait la chamade.

« Merci quand même », dit-elle en s'éloignant en direction de sa maison.

Elle se sentait doublement mal à l'aise. Après l'histoire de la petite fille, voilà qu'elle devait affronter la présence dans le quartier de ce vendeur de sapins qui lui rappelait tant de mauvais souvenirs. Peut-être devrait-elle changer d'itinéraire? Elle se demanda si sa fille l'avait accompagné comme les années précédentes, tout en priant pour que son fils ait trouvé refuge quelque part, à l'abri du froid.

Le vent de décembre soufflait de la Hudson River et quand elle tourna à droite sur la 20ᵉ Rue Ouest, elle vit des petits nuages de vapeur qui dansaient autour des vieux réverbères de Cushman Row. En dépit de la température glaciale, elle stoppa net, considérant avec étonnement une flaque d'ombre qui s'attardait autour d'une lampe vacillante. L'ampoule semblait sur le point de lâcher. Sans doute était-ce dû à l'humidité qui montait de la rivière ? Malgré elle, elle ne put s'empêcher de penser qu'il s'agissait peut-être de la manifestation d'un esprit. C'est un signe avant-coureur, se dit-elle, le cœur gonflé d'espoir. Elle reprit sa route d'un pas plus vif.

Le quartier de Chelsea était hanté à l'époque de Noël. C'était au moins le cas de l'une des pièces d'une demeure de Cushman Row. À l'exemple de ses voisines – des constructions en brique d'inspiration grecque avec leurs larges perrons en pierre, leurs jardins de la taille d'un mouchoir de poche et leurs rambardes en fer forgé – la maison dans laquelle vivait Catherine avait été construite en 1840 par Don Alonzo Cushman, un ami de Clement Clarke Moore.

Catherine s'immobilisa, la main posée sur la balustrade, leva un regard éteint sur la bâtisse de quatre étages, et plus particulièrement sur les fenêtres du petit grenier. Avec leurs vitres plombées, cerclées de rameaux de lauriers en plâtre, elles constituaient l'un des détails architecturaux les plus intéressants de la façade. Les minuscules carreaux qui s'ouvraient sur le ciel attiraient souvent l'attention des promeneurs. Les gens se faisaient toujours des idées lorsqu'ils tentaient d'imaginer la vie des autres. Sans doute pensaient-ils que cette élégante demeure abritait un bonheur peu commun, de grandes réceptions ou plus simplement une famille unie – des parents amoureux, des enfants brillants. Peut-être croyaient-ils que derrière ce fenestron se cachait une salle de jeu ? Pourquoi leur reprocher de telles pensées ? Après tout, Catherine avait eu les mêmes à une époque.

Les yeux fixés sur la mansarde, elle sentit une main glaciale agripper sa colonne vertébrale. On aurait dit une décharge électrique qui la parcourait de la tête aux pieds, l'empêchant de bouger. Il y avait des fantômes dans la rue ce soir. Elle ferma les paupières pour essayer d'atteindre par l'esprit celui qu'elle aimait. Une prière silencieuse monta en elle. Et elle le supplia de venir la retrouver cette nuit dans le grenier.

Les fêtes de Noël étaient de retour. Autrefois source de joies, le mois de décembre était devenu synonyme de chagrin et de souffrances. Catherine n'avait pas le cœur à s'amuser. Cette saison ne lui rappelait que de tristes souvenirs – et elle avait hâte qu'elle s'achève.

Secouant la tête pour chasser ses frissons, elle grimpa d'une traite les marches du perron, impatiente de refermer la porte derrière elle et d'aller se blottir sous ses couvertures.

À quelques pâtés de maison de là, Lizzie Donnelly se tenait derrière la table du réfectoire, vêtue de sa cape en brocard écarlate et coiffée d'un chapeau en velours noir. La vapeur qui s'élevait des plats fumants embuait ses lunettes à monture bigarrée. À intervalles réguliers, elle était forcée de les enlever et de les tendre à sa fille qui les essuyait, de peur qu'elle se trompe dans ses rations.

« Merci, ma chérie, dit-elle.

— De rien, Mom. Continue de servir – tout le monde a faim.

— Salut Joe! Voilà Billy... Comment vas-tu, Ruthie? Et toi, Maurice? Tout va bien?

41

Veux-tu un peu de charbon comme cadeau de Noël? »

Lizzie badinait tout en remplissant les assiettes de viande cuite à l'étouffée, de purée de pommes de terre, de petits pois et de carottes. Le prêtre de l'église Sainte-Lucy, qui se rendait à son presbytère, fit une courte apparition dans la salle bondée.

« Bonsoir, mon Père, crièrent certains.

— Dieu vous bénisse, Dieu vous bénisse », répondit-il en hâte.

Sa silhouette noire se faufila telle une ombre dans la foule.

« Que voulez-vous manger? demanda Lizzie à l'homme qui lui faisait face. Puis-je vous proposer de la viande? Le chef s'est vraiment surpassé ce soir. »

Lizzie œuvrait comme bénévole à la soupe populaire de sa paroisse, deux fois par semaine. Elle avait été baptisée à Sainte-Lucy – d'où le prénom qu'elle avait donné à sa fille – et y avait fait également sa première communion avec son amie Catherine qu'elle connaissait depuis l'école élémentaire. Trois ans plus tôt, cette dernière lui avait demandé de remplacer Brian à la distribution de repas chauds. « Nous sommes tellement gâtés par la vie qu'il est de notre devoir de donner aux autres », disait Brian. Lizzie avait acquiescé – comment lui donner tort ?

C'est ainsi que les choses avaient commencé. Aujourd'hui, Lizzie était seule avec sa louche. Depuis les funérailles de Brian, Catherine avait refusé de remettre les pieds dans une église, même à Sainte-Lucy. Bien que le temps ait passé et que Lizzie ait cherché à la convaincre que le réfectoire était situé dans la salle paroissiale, Catherine souffrait encore trop pour entendre raison. Tous les ans, à la même époque, Lizzie se prenait à espérer que son amie retrouve un peu de gaieté à l'approche de Noël mais c'était peine perdue. Le cœur de Catherine semblait se durcir chaque fois davantage.

« Petits pois et carottes, un peu de vert et rouge, clama Lucy à la cantonade.

— Un peu de bonheur pour Noël, renchérit Lizzie qui commençait à transpirer sous sa cape.

— Salut Lizzie ! Salut Lucy ! »

La voix d'Harry résonna dans l'immense salle.

« Harry! s'égosilla Lucy.

— Où étais-tu passé? » s'exclama Lizzie.

D'un bond, elle contourna la table et se jeta dans ses bras. Il la retint un instant contre sa poitrine avant de la repousser gentiment.

« Arrête, ça suffit, gémit-il en lorgnant à la dérobée les hommes penchés sur leurs assiettes devant les tréteaux en bois brut. Tout le monde va nous voir.

— Qu'est-ce que ça peut faire, riposta Lizzie. Ils sont tous prêts à vendre leurs gâteaux de riz pour un baiser de moi. Sérieusement, où étais-tu? On commençait à s'inquiéter.

— Oh, ici et là.

— Qu'est-ce que ça veut dire? s'enquit Lucy.

— Ça me paraît bien dangereux, ironisa Lizzie. Surtout venant de toi, Harry. »

Elle scruta son visage dans l'espoir de comprendre où il en était. Vivre dans la rue faisait toujours vieillir les gens plus vite. Leurs yeux perdaient de leur éclat, leurs peaux se ridaient sous l'effet du stress, du vent ou du soleil, leurs muscles fondaient sous l'effet de la malnutrition. Pour certains, la drogue était la seule porte de sortie ; c'était comme un tapis volant qui leur permettait de partir ailleurs, mais ce transport en apparence magique leur coûtait parfois la vie. Jusqu'à présent, Harry y avait échappé. Son regard restait brillant, vif.

« Je dois m'en aller, fit-il remarquer en tirant une enveloppe de la poche arrière de son jean sale et déchiré. Veux-tu donner ça à C ?

— Bien sûr, répondit Lizzie en s'emparant du message. (Elle lui jeta un œil intrigué.) Qu'y a-t-il dedans ?

— Elle comprendra.

— Je prends le petit déjeuner avec elle, demain matin. Pourquoi ne viens-tu pas nous retrouver ? Tu lui donneras toi-même, proposa Lizzie qui espérait le piéger avec un repas gratuit.

— J'ai un rendez-vous. »

Devant son regard furtif et presque embarrassé, Lizzie eut un coup au cœur. Le ton sur lequel il venait de s'exprimer lui faisait peur. Elle ignorait comment il gagnait sa vie, et franchement ne voulait pas le savoir.

« Veux-tu manger quelque chose ? suggéra-t-elle. C'est plutôt bien cuisiné, ce soir. »

Sans attendre sa réponse, Lucy lui fourra une assiette entre les mains que Lizzie remplit de viande et de pommes de terre. Après l'avoir gratifié d'une ration supplémentaire, elle le suivit des yeux tandis qu'il allait s'asseoir à l'extrémité d'une table et attaquait son plat. Elle le regarda l'engloutir avec satisfaction, mais à peine eut-il terminé qu'il sauta sur ses pieds et revint vers elles.

« Merci et au revoir, dit-il.

— Reviens quand tu veux. On est là pour ça.

— Tu n'oublieras pas de donner ma lettre à C, n'est-ce pas ?

— Non. Tu peux compter sur moi. »

Lizzie se pencha en avant et l'étreignit de nouveau affectueusement. Elle avait ordre de l'embrasser le plus souvent possible. Lucy suivit l'exemple de sa mère. Mais, fidèle à son nom, Harry se faufila aussitôt dans la foule qui s'agglutinait près de la porte afin de profiter encore un peu du chauffage avant de regagner la nuit froide.

« Où va-t-il, Mom ?

— Au refuge, chérie. Du moins, je l'espère. »

Lizzie ne pouvait rien faire d'autre que de le regarder s'éloigner. Sans quitter des yeux sa silhouette mince, elle enfouit l'enveloppe sous sa cape, en se demandant ce qu'elle contenait. Puis, elle adressa un sourire mélancolique à sa fille et retourna présider le buffet.

Assise à une extrémité du canapé, Bridget essayait de faire ses devoirs. Le son de la télévision était baissé au minimum et, à part elle, personne ne pouvait l'entendre. Tant qu'elle n'avait pas achevé son travail de la journée – distribué par son professeur de Nouvelle-Écosse – elle n'avait pas le droit de la regarder. Autour d'elle, les distractions étaient rares. Elle entendait Mme Quinn aller et venir dans sa chambre. Danny l'appelait « le vieil œil de lynx », car elle passait son temps à les surveiller. C'était en cela que Bridget et son frère étaient totalement différents. Alors que Danny détestait l'autorité, elle adorait ça. Elle aimait sentir qu'on s'intéressait à elle, peu importait de qui cela venait. Même la sollicitude d'une vieille propriétaire de chambre d'hôtes la réconfortait, car elle avait l'impression que sa mère en aurait été satisfaite.

À d'autres moments, Danny s'était occupé d'elle également. Parfois, ils avaient réussi à se faire des amis même s'ils avaient eu du mal car à New York, en plein hiver, les enfants préféraient rester chez eux.

Malgré l'absence de son frère qui lui pesait, Bridget se sentait bien chez Mme Quinn. Les canalisations du chauffage émettaient un bruit rassurant en diffusant une chaleur égale dans chaque pièce. Le papier peint de la salle commune était vieux et jauni, décoré de roses et de myosotis, et le plafond s'ornait d'une mince pellicule marron, résultat de plusieurs années de tabagie. « C'était autrefois une pension pour marins, chérie », lui avait expliqué Mme Quinn. « Il y avait des débardeurs, des dockers ou des membres d'équipage des bateaux amarrés dans les docks de Chelsea. C'étaient tous des fumeurs invétérés. »

Brigdet l'avait écoutée poliment sans oser lui avouer que son frère Danny avait parfois fumé une cigarette quand leur père était sorti vendre ses résineux ou qu'elle-même regardait l'un de ses programmes à la télévision.

Pour l'heure, Bridget n'arrivait pas à détacher son attention du poste. Le journaliste du *Live at Five* soliloquait devant l'arbre du Rockefeller Center, à trente rues de l'endroit où elle était assise.

« Dans deux jours, on allumera les trente mille lampes de cet épicéa haut de plus de vingt-cinq mètres qui nous vient de Wall dans le New Jersey », expliqua le reporter tandis que la caméra dévoilait la magnifique silhouette du conifère qui se découpait en ombre chinoise contre les lumières de la ville.

Suivait un reportage sur l'arrivée du sapin à New York et sur son installation proprement dite, quelques jours auparavant. Puis une foule gigantesque apparut à l'écran et Bridget plongea littéralement en avant. Beaucoup de gens brandissaient des pancartes, disant : « Salut à Brisbane », « Bonjour maman et papa, à Columbus », « Bonnes vacances à tous ceux de Louisville ». Le cœur battant, Bridget scruta chaque visage l'un après l'autre. Elle savait que la personne qu'elle cherchait ne brandirait pas d'écriteau. Elle serait probablement cachée à l'arrière-plan, essayant de se faire la plus discrète possible. Elle humerait l'odeur du pin en dévorant des yeux les fines aiguilles vert foncé, l'écorce brillante de sève et la cime fièrement dressée vers les étoiles. C'était le gardien de l'arbre.

Tandis que le journaliste évoquait maintenant un incendie qui venait de se produire dans l'Upper West Side, Bridget ferma les paupières en pensant à son frère. Danny avait toujours cru que les sapins de Noël possédaient une âme. Fasciné par la météo, il aimait à raconter des histoires qui parlaient d'anges des neiges et de souffle de vie.

« Les arbres ont tous un esprit, Bridey, disait-il. Ils sont vivants grâce à leurs racines qui plongent dans la terre et à leurs branches qui s'élèvent dans le ciel.

— Et on les abat ! se récriait Bridget, frappée de stupeur. On les tue !

— Non, il ne faut pas voir les choses comme ça. Ils laissent tomber des graines dans le sol avant la coupe – pour être sûrs de perpétuer le cycle de la nature. Bien sûr, tout cela dépend du niveau des précipitations et de l'orientation des vents.

« — Danny... Arrête de me parler du temps. Explique-moi encore les arbres !

— Mais le climat fait tout ! Souviens-toi de la grosse averse de la semaine dernière. Il a fallu attendre que le système de basse pression s'éloigne lentement de la côte pour que la pluie s'arrête. Eh bien, même après ça, la NEXRAD a prévenu qu'il y aurait de grosses crues...

— Mon Dieu ! Pas la NEXRAD, je t'en prie. Je me fiche des bulletins météorologiques. Je veux entendre parler des sapins. C'est vrai que les anges de la neige leur donnent vie, que le soleil les recouvre d'aiguilles vertes et qu'après on les tue ?

— Oui, ils meurent... À la minute où les scies s'attaquent à leurs troncs...

— C'est terrible.

— Mais ils renaissent, Bridey.

— Comment ?

— Quand les lumières s'allument.

— Quand les...

— Tu sais bien. Quand on rapporte l'arbre à la maison et qu'on l'illumine.

— Quand on lui prouve qu'on l'aime, c'est ça ?

— Si tu veux. »

Danny avait beau le nier, Bridget l'avait souvent surpris en train de surveiller les épicéas de leur père. Tapi dans leur ombre, dans l'air froid et vif, il guettait l'arrivée du premier acheteur. Peut-être comme elle, rêvait-il à de grands appartements – nichés aux sommets des gratte-ciel ou dans des maisons de brique – ou aux nombreuses possibilités qui s'offraient aux New-Yorkais?

« Regarde là-haut, avait-il dit un jour à Bridget en montrant du doigt l'Empire State Building nimbé de vert et de rouge. Aucune autre grande métropole ne pourrait éclairer le ciel ainsi! Sais-tu combien il faut d'électricité pour ça? Des millions de kilowatts, de quoi alimenter toute la Nouvelle-Écosse.

— Je suis sûre que tu détesterais vivre ici. Y passer un mois, c'est une chose, mais tu ne tiendrais pas plus longtemps. Il n'y a pas d'arbres, excepté ceux de papa et ceux tout maigrelets qui poussent sur le trottoir. Il n'y a pas de forêts. Où trouverais-tu des hiboux et des faucons? Tu ne pourrais plus voir arriver les orages.

— Je n'ai jamais prétendu que je voulais habiter New York. Mais tu te trompes en ce qui concerne les hiboux et les orages. Il y en a aussi. Il suffit d'aller au bon endroit », avait-il conclu sur un ton mystérieux qui avait obligé Bridget à se demander où il se rendait lors de ses balades en solitaire.

À cet instant, l'émission *Live at five* s'acheva et *News 4 New York* démarra sur de nouvelles images du Rockefeller Center. On y voyait des gens patinant sous les flocons de neige devant l'immense statue dorée de Prométhée et le majestueux arbre de Noël plongé dans l'ombre qui se dressait au-dessus de la foule en liesse.

Les yeux rivés à l'écran, Bridget priait pour apercevoir son frère. Il n'était pas encore venu la chercher et pourtant, elle était là depuis une journée. Elle planta ses ongles dans la paume de sa main.

« Danny, Danny... Il faut que je te voie. »

Mais elle avait beau détailler chaque visage rayonnant, scruter chaque silhouette, il n'était nulle part. Il n'y avait que cette marée humaine, venue vivre la magie d'un Noël à New York, une magie si puissante qu'elle lui avait pris son frère, l'avait arraché à sa famille.

« Où es-tu Danny? cria-t-elle, la gorge

serrée et douloureuse, en contemplant la neige qui emprisonnait les aiguilles de l'épicéa. Quand rentreras-tu? Tu dois le faire... »

L'arbre était éteint. Son esprit était mort et ne renaîtrait que dans deux jours – lorsqu'on allumerait les guirlandes électriques. Bridget était persuadée que son frère était là, tout près. Sans doute ne reviendrait-il pas immédiatement à Chelsea – à cause de la fureur qu'avait montrée son père l'année dernière – mais quand il serait de retour, Bridget lui ferait fête. Elle porterait ses plus beaux atours et la famille au complet irait prendre le thé au Plaza. Ce serait un instant unique et merveilleux. Mais en attendant que ce jour vienne, elle imaginait Danny, dissimulé quelque part près du sapin du Rockefeller Center, le regardant se couvrir de neige...

Bridget était si concentrée à chercher son frère à la télévision qu'elle n'entendit pas les pas qui s'avançaient dans l'allée. Ce ne fut que lorsque le couvercle des poubelles émit un bruit métallique qu'elle leva la tête. Elle tendit l'oreille et perçut un léger crissement, semblable à des ongles grattant un morceau de bois. C'était sans doute Murphy, le petit chien de Mme Quinn, qui réclamait sa promenade du soir. Elle l'entendait aboyer dans la pièce voisine.

« Tu as entendu ? » l'interpella Mme Quinn en fonçant dans le salon, l'animal sur ses talons.

Murphy sauta sur la chaise placée près de la fenêtre et se mit à grogner férocement, comme s'il était un berger allemand au lieu d'un minuscule yorkshire.

« Non, qu'y a-t-il ? fit Bridget, sans quitter le poste des yeux.

— Ce sont encore des clochards qui fouillent dans les conteneurs, râla-t-elle. Ils cherchent les canettes vides pour récupérer la consigne. S'ils ne laissaient pas la pagaille derrière eux, ça ne me gênerait pas. (Elle remarqua la télévision allumée.) Dites donc, jeune dame ! Qui vous a autorisée ? N'êtes-vous pas censée faire vos devoirs ? »

Bridget garda le silence. Elle n'osait pas tourner la tête, de peur que Mme Quinn aperçoive ses paupières rougies par les larmes. Ne savait-elle pas que Danny vivait maintenant dans la rue ? Où dormait-il ? Que mangeait-il ? S'il voulait continuer à admirer les orages et à surveiller les arbres, il lui fallait rester fort.

Oh Danny, songea Bridget en se mettant à pleurer à la vue de la foule qui se rassemblait sur l'écran.

III

Tous les jeudis matins, Catherine et Lizzie se retrouvaient pour prendre leur petit déjeuner chez Moonstruck, un petit restaurant au coin de la 23e Rue et de la Neuvième Avenue. Pour s'y rendre, Catherine devait passer devant le stand du vendeur de sapins. Une légère averse de neige était tombée durant la nuit, recouvrant de blanc le quartier de Chelsea.

L'homme se tenait immobile, une tasse en carton remplie de café entre les mains. De la vapeur s'élevait du liquide bouillant et Catherine supposa qu'il en profitait pour se réchauffer les doigts. Il contemplait ses arbres nappés d'argent et de petits cristaux de glace qui scintillaient sous le soleil matinal, comme s'ils se trouvaient encore sur leur plantation de Nouvelle-Écosse.

« Bonjour, s'exclama-t-il en la voyant approcher. Avez-vous déjà vu quelque chose de plus joli ?

— Bonjour, répondit-elle sans ralentir son allure.

— Peut-être m'en achèterez-vous un en repassant ce soir », cria-t-il alors qu'elle s'éloignait.

Quand Catherine arriva chez Moonstruck, Lizzie, qui avait déposé Lucy à l'école, était déjà installée dans une alcôve près de la fenêtre et lisait le *Times*. Elle portait une sorte de blazer en satin vert foncé sur une robe bordeaux en soie lustrée. Son chapeau de style bavarois assorti à sa veste s'ornait d'un petit poinsettia en tissu rouge, agrafé au ruban en taffetas. Catherine ôta son manteau noir, son écharpe et ses gants et les suspendit à la patère.

« Explique-moi ce message que tu m'as laissé hier sur mon répondeur, s'enquit aussitôt Lizzie alors qu'elle s'asseyait en face d'elle. C'est quoi cet incident à la chorale ? »

Ignorant l'ironie qui perlait dans sa voix,

Catherine entreprit de lui raconter la scène dont elle avait été témoin dans le hall de la Rheinbeck Corporation.

« Si tu avais vu son visage! Elle était pâle comme un linge. Elle était bouleversée et essayait de retenir ses larmes alors que les autres enfants continuaient de chanter à tue-tête. J'aurais voulu tordre le cou à la directrice de la chorale.

— Mais tu ne l'as pas fait?

— Non.

— Et tu n'as pas sauvé cette fillette en l'entraînant dans un autre chœur qui aurait davantage apprécié son travail?

— Non.

— Seigneur, tu fais des progrès! » approuva Lizzie en souriant tandis que le serveur venait prendre leur commande.

Elles demandèrent la même chose : du café, du jus d'orange frais et des bagels toastés, parsemés de graines de pavot, avec du beurre.

« Cela m'a fait penser à Lucy, précisa Catherine.

— Lucy s'en serait moquée, elle se serait égosillée deux fois plus fort.

— Et surtout à Brian.

— Tout te fait songer à Brian, murmura Lizzie.

— Il n'aurait jamais assisté à une scène pareille sans broncher, tu le sais ! Il n'a jamais pu supporter la moindre injustice. Même dans une chorale. »

Catherine ferma les paupières afin de faire apparaître devant elle le visage de Brian. Elle se remémora ses yeux verts pétillants, ses cheveux bruns, sa mâchoire carrée et le revit, vêtu de son costume et de sa cravate, toujours actif au service des autres. Il avait quitté son poste lucratif dans un cabinet juridique pour intégrer un programme éducatif en faveur des plus démunis et elle était tombée amoureuse de lui parce que... c'était Brian.

« Cat, il faut que tu arrêtes.

— C'est le geste qu'a fait cette femme qui m'a paru le plus insupportable. C'était si dur, si mesquin – elle a fait pleurer cette petite fille. Pourquoi diriger un groupe d'enfants et vouloir les mettre en valeur si on ne le fait pas gentiment ?

— Je comprends, reconnut Lizzie. Ce n'est pas dans l'esprit de Noël. »

Leur commande arriva et elles attaquèrent leur repas en silence. Catherine réfléchissait aux derniers mots de Lizzie : *l'esprit de Noël*. Autrefois, elle y avait cru farouchement, mais ces trois dernières années, elle en avait perdu le goût. Tout en mâchonnant son bagel, elle laissa errer son regard de l'autre côté de la fenêtre, vers l'endroit où se trouvait le vendeur de sapins.

« As-tu vu le forestier ? demanda-t-elle. Il est de retour – là, devant ton magasin.

— Bien sûr que je l'ai remarqué. Difficile de faire autrement ! Il est super sexy. J'adore m'asseoir dans ma boutique et le lorgner à travers la vitre. J'essaie de l'imaginer sans sa veste et sa chemise en train d'abattre des sapins sous le soleil brûlant de Nouvelle-Écosse. Ses avant-bras musclés se tendent... Il est en sueur.

— Arrête ! »

Lizzie agita la main en guise d'excuse.

« Je suis célibataire, pourquoi n'aurais-je pas le droit ? »

Catherine ne sut que répondre. Lizzie venait de rompre avec un homme qu'elle avait aimé au-delà du raisonnable. Il n'avait pas voulu l'épouser, ni élever Lucy – une famille déjà formée qui lui tendait les bras – ce qui en faisait à ses yeux un être égoïste, stupide et borné.

« Qu'est-ce qu'on attend de moi? s'enflamma Lizzie. Que je reste plantée comme si j'étais un arbre fait de bois, de sève et d'aiguilles? Alors que je suis une femme avec des hormones, des sentiments et un grand besoin d'affection! Est-ce qu'il te regarde quand tu passes devant lui?

— Qui? Le vendeur de sapins?

— Je te signale – et tu le sais comme moi – qu'il s'appelle Christopher Byrne. Oui, bien sûr, on parle du même type!

— Je crois. Il veut me vendre un épicéa. »

Lizzie inclina la tête. Avec son chapeau posé de guingois sur ses cheveux roux, on avait l'impression que son épaule touchait son visage.

« Tu pourrais être gentille avec lui, surtout toi qui as le cœur si tendre.

— Je préfère l'éviter. La scène de l'année dernière m'a beaucoup choquée. »

Lizzie eut un geste d'agacement.

« Il essayait de retenir son fils. Il refusait qu'il

reste seul à New York et se transforme en gamin des rues. As-tu pensé à ça?

— Brian serait intervenu et aurait stoppé la bagarre. »

À l'évocation de son mari, Catherine ressentit une telle émotion qu'elle dut s'arrêter quelques secondes pour reprendre son souffle. Lizzie garda le silence un instant puis murmura :

« C'est bientôt le troisième anniversaire de Brian, je sais.

— J'ai vu les premiers fantômes la nuit dernière.

— Ils arrivent toujours le 1er décembre, en même temps que les sapins de Noël. »

Catherine glissa un coup d'œil par la fenêtre du restaurant. Le soleil qui s'était levé au-dessus des immeubles faisait fondre la neige sur les arbres de Christopher Byrne. Peut-être était-ce pour cela que la vue de cet homme lui était pénible – son arrivée en ville la ramenait sans cesse à l'époque où elle avait perdu Brian.

« Le père Cusack a demandé de tes nouvelles, hier soir, lança Lizzie en changeant de sujet. Il dit que la soupe populaire a besoin de toi. »

La grande salle de réfectoire de Sainte-Lucy manquait aussi terriblement à Catherine. Elle avait pris beaucoup de plaisir à y faire la cuisine, à servir des repas aux affamés. Depuis qu'ils s'étaient mariés, neuf ans plus tôt, Brian et elle y avaient passé tous leurs dimanches soirs. Lorsqu'il avait quitté le cabinet Slade and Linden pour rejoindre l'équipe du Family Orchard Programm, il s'était trouvé débordé et Catherine avait enrôlé Lizzie pour le remplacer.

« Chaque fois que je passe devant Sainte-Lucy, je repense à notre mariage, confia Catherine. Ça a été le jour le plus merveilleux de ma vie. Tout cet amour qui semblait devoir durer toujours... Nous avons été bénis par le Père Cusack, par Dieu, par les anges et les saints. Je songe à cette journée et à toutes celles, heureuses, qui ont suivi : le baptême de Lucy avec Brian et moi comme parrain et marraine...

— Je sais, chérie.

— Je ne remettrai plus jamais les pieds là-bas.

— D'accord.

— En outre, au bureau, monsieur Rheinbeck m'a chargée de dénicher des photos de tous les anges sculptés sur les immeubles et les bâtiments de la ville – statues, corniches, bas-reliefs – même ça, ça me rend folle. Où étaient-ils à la mort de Brian ? »

Lizzie ne répondit pas, se contentant de l'écouter. Catherine refoula ses larmes. C'était la période la plus difficile de l'année. Par la fenêtre, elle vit un client qui faisait halte près du stand de sapins. Tout le monde était heureux, décorait sa maison, chantait des cantiques. Comment y parvenir quand le malheur s'abattait sur ceux qu'on aimait ? Catherine s'essuya les yeux et jeta un œil sur sa montre. Il était l'heure de partir travailler. Elle sortit plusieurs billets de son porte-monnaie pour payer sa part de l'addition.

« Oh, s'écria soudain Lizzie en fouillant dans son sac. J'avais presque oublié.

— Qu'est-ce que c'est ? » interrogea Catherine en examinant l'enveloppe que Lizzie déposait sur la table.

Elle était vierge, à l'exception de l'initiale C inscrite sur le dessus.

« Elle vient d'un de tes mystérieux admirateurs.

— Harry ? demanda Catherine en souriant malgré elle.

— Houdini lui-même. Je t'ordonne de me dire ce qu'il y a dedans. Je mourais d'envie de la lire.

— D'accord, promit Catherine en s'avançant vers le comptoir, suivie de sa meilleure amie. Je te raconte toujours tout.

— *Presque* tout, rétorqua Lizzie tandis qu'elles sortaient du restaurant et débouchaient sur le trottoir. Quand il s'agit de Harry, tu es beaucoup plus secrète. »

Catherine la gratifia d'un sourire fugace et après l'avoir embrassée, courut vers le métro. Le pavé était glissant et elle manqua trébucher. Dévalant les escaliers au pas de course, elle sauta dans la rame bondée au moment où cette dernière quittait le quai. Prise dans la cohue, elle enroula son bras autour de la barre centrale et parvint tant bien que mal à décacheter l'enveloppe. Elle en sortit une feuille de papier blanc sur laquelle il n'y avait qu'une seule ligne :

M'ouvriras-tu ce soir ?

Catherine ferma les yeux, et alors que le métro filait en grondant sous les artères de New York, elle sut qu'elle dirait oui.

Christy Byrne travaillait dans l'air glacial. Il avait les nerfs à vif. C'était toujours ainsi lorsqu'il n'avait pas assez dormi : il avait l'impression d'atteindre un niveau de conscience maximal. Toutes ses sensations étaient décuplées. Le soleil levant qui montait au-dessus des bâtiments en brique de Chelsea lui faisait l'effet d'un incendie opalescent, ses rayons se répandaient dans les rues comme de l'or en fusion et l'âpre vent du nord s'infiltrait dans son cou et dans les manches de sa veste. New York était située beaucoup plus au sud que la Nouvelle-Écosse mais la température y semblait toujours plus fraîche. Peut-être parce que Danny errait dehors...

Christy salua d'un signe de tête les commerçants, les livreurs, ainsi que les résidents du quartier qui se rendaient à leur travail. Il lança un bonjour sonore à la jeune femme triste et timide (il ne connaissait pas son nom) toujours vêtue de noir. En cela, elle n'était pas très différente des élégantes New-Yorkaises. Mais quelque chose en elle l'intriguait. Sans raison, il devinait que ses vêtements sombres – son manteau, son tailleur, ou son jean et son pull le week-end – étaient signes de deuil. Derrière ses lunettes à monture argentée, elle avait des yeux magnifiques : pétillants et gris foncé. Il se rappelait l'avoir vue passer, certaines années, au bras d'un homme. Un couple heureux qui se tenait par la main. Un jour, ils lui avaient même acheté un sapin. Depuis trois ans, elle était seule. Elle s'arrêtait parfois dans la boutique de chapeaux, prenait le thé avec Liz, la propriétaire, et sa fille. Elles semblaient toutes trois très amies et Christy s'en réjouissait.

À l'exemple de certains habitants de Chelsea, elle se montrait moins amicale cette année. Sans doute avait-elle entendu parler de la bagarre et de son arrestation. Cette pensée le blessait. Profondément. Il aurait voulu arrêter les passants, leur expliquer – surtout à elle – ce qu'il avait ressenti lorsqu'il avait saisi son fils dans ses bras pour l'empêcher de fuir, leur décrire sa souffrance, sa peur, mais il préférait se taire et s'accrocher à sa dignité. Comment conserver la tête haute devant tous ces gens qui avaient assisté à sa crise de folie, à son départ houleux entre deux policiers ?

La nuit dernière, Christy était sorti comme il l'avait fait la veille – et comme il le ferait jusqu'à ce qu'il retrouve son fils. Il avait fermé son stand à neuf heures, juste à temps pour border sa fille et l'écouter faire ses prières, et s'était élancé dans les rues. Où était Danny ? Depuis Noël dernier, Christy était resté en contact avec l'officier Rip Collins, le flic qui l'avait arrêté. Malgré les recherches de ce dernier et l'aide du DHS, le Département des sans-abri de New York – qui lui avait appris que la moitié des trente-huit mille SDF de la ville étaient des enfants – Danny était resté introuvable. Son nom n'apparaissait sur aucun registre, ce qui n'avait rien d'anormal. Christy savait que Danny refuserait d'intégrer un refuge.

Christy ignorait par où démarrer son enquête. En dépit de tous ces hivers passés à Chelsea, il connaissait à peine New York. Il venait y travailler, gagner de l'argent et repartait au Canada le plus vite possible. Il tenta de se mettre à la place de son fils. Tirer des revenus de la terre était difficile. Christy était pleinement conscient du fardeau qu'il avait imposé à Danny – son propre père avait fait la même chose. Lorsqu'il était jeune, lui-même avait souvent rêvé, la nuit, allongé dans son lit, à Halifax ou Fredericton, où il pourrait mener une vie citadine et confortable. Là-bas, il se ferait de nombreux amis, il rencontrerait des filles à foison et sa survie ne dépendrait pas des tempêtes ou du blizzard.

« J'ai l'intention d'aller à l'université, papa, lui avait un jour déclaré Danny à la fin de sa cinquième, en rentrant à la maison avec une profusion de A sur son carnet de notes. Monsieur Burton dit que j'en suis capable.

— Bien sûr que tu l'es, avait répliqué Mary. Tu es tellement brillant.

— Les études coûtent une fortune, avait coupé Christy. Plus que nous ne gagnerons jamais. En outre, tu en sais maintenant suffisamment pour prendre ma relève. Si je meurs demain...

— Arrête papa! Tu sais que cela n'arrivera pas. »

Christy avait hoché la tête, fier de constater que son fils acceptait bravement leur mode de vie. Mais il avait vu une ombre passer dans ses yeux. Sans doute songeait-il au glissement de terrain qui avait failli emporter son père, un mois auparavant, à la façon dont le torrent de boue l'avait envoyé voltiger sur un monticule de pierres et de bûches, à sa difficulté pour le tirer de là...

Quel gamin n'aurait pas souhaité échapper à cette existence ?

Christy songea aux nombreuses fois où il avait vu son propre père piégé par la nature – à l'ouragan qui l'avait précipité au bas d'un arbre, la jambe brisée. Il comprenait qu'un gamin préfère aller à l'école et, quand il était aussi intelligent que Danny, c'était presque un crime de ne pas l'y encourager. Avait-il tout gâché ?

Un souvenir précis surgit des recoins de sa mémoire. Un jour, alors qu'il discutait avec la professeur de Danny dans la salle de classe, il avait aperçu son fils qui se cachait dans l'entrebâillement de la porte. Il avait manifestement tout entendu : les compliments de Mme Harwood, ses supplications, et pour finir la réponse brutale et coupante de son père. Il n'en avait jamais parlé.

Au fond, Christy était convaincu que l'université éloignerait Danny de la ferme. Non pas quelques années mais pour toujours. Parce qu'il découvrirait ce que le monde pouvait offrir, au-delà des collines verdoyantes et des hectares de pins. Halifax, Fredericton et les autres métropoles du Canada seraient autant de mirages auxquels il ne pourrait résister.

Mais jamais Christy n'avait cru que New York représentait un danger.

Le soir de son arrivée – deux jours auparavant – Christy avait pris le métro jusqu'à Battery Park. Il avait choisi cet endroit parce que, sur la carte, c'était le plus grand espace vert du Lower Manhattan et qu'il était situé près du Brooklyn Bridge – la carte postale de Danny.

Alors qu'il attendait l'arrivée de la rame, Christy avait déambulé sur le quai noir et glacé, scrutant les rails obscurs. Danny était-il caché dans un tunnel? À cet instant, un train avait surgi en rugissant et il avait abandonné cette hypothèse. Danny ne pouvait être heureux qu'à l'air libre, là où il lui était possible de sentir le vent sur son visage, de toucher la neige, d'admirer les étoiles.

Christy était remonté à la surface à l'extrême pointe de Manhattan. Devant lui se trouvait le terminal des ferries de Staten Island. Des embruns salés lui giflaient les joues tandis qu'il contemplait le port de New York plongé dans l'obscurité. Sous les bourrasques soufflant de l'Atlantique, l'eau clapotait contre la digue. Les chenaux brillaient de mille feux. La statue de la Liberté se dressait au large, sa torche brandie vers le ciel, comme si elle voulait lui montrer le chemin menant à son fils. La proximité de l'océan lui donna l'impression d'être à la maison et il se dit que Danny devait ressentir la même chose. Gonflé à bloc, il entama ses recherches, le cœur débordant d'espoir.

Battery Park était presque désert. Les rares promeneurs avançaient, têtes baissées, luttant contre le vent. Malgré les morsures du froid sur sa peau, Christy fit halte, le temps de vérifier s'il y avait des gens recroquevillés sur les bancs, près du Castle Clinton. Il n'y avait personne. Il gagna Trinity Church, dont la flèche gothique se découpait contre les lampes halogènes. Un vieillard, enroulé dans un duvet, était assis sur les marches.

« Bonsoir, lui lança Christy.

— B'soir, répondit l'homme.

— Je cherche quelqu'un, expliqua Christy en tirant une photo de sa poche. Mon fils, Daniel Byrne. Il vient d'avoir dix-sept ans, il mesure un mètre quatre-vingt-cinq. L'avez-vous vu?

— Il est grand.

— Oui. L'avez-vous vu?

— Non.

— S'il vous plaît, regardez mieux. »

Mais l'homme plongea sa tête sous sa couverture comme un ours rentrant dans sa caverne, et refusa d'en dire plus. Christy poursuivit sa route. Il descendit Wall Street, South Street, le Seaport avec ses charmants magasins, ses restaurants et ses quais où étaient amarrés de vieux bateaux de pêche, comme à Lunenburg. C'est toujours efficace de faire appel au passé pour séduire les touristes, songea-t-il.

Voyant que les passants étaient tous bien habillés, bien nourris et qu'ils sortaient visiblement de restaurants à la mode, il accéléra le pas. Quand il déboucha sur Fulton Street à la hauteur du Pier 17 et découvrit les étals et les pavés luisant d'écailles, il comprit qu'il venait d'atteindre le fameux marché aux poissons. Il était à peine minuit et la criée n'avait pas encore commencé. Des monceaux de morues, de carrelets, de flétans et de colins luisaient à la lueur des réverbères. Il passa sans s'arrêter. En bas de la rue, il distingua au loin des flammes émergeant d'une poubelle. Il se mit à courir. Rip Collins lui avait raconté comment les sans-abri allumaient des feux sous les ponts afin de se réchauffer. Des ombres tremblotantes dansaient sur les étançons, se détachant contre les parois éclairées. Bientôt, Christy discerna plusieurs silhouettes à l'allure dépenaillée. À l'idée que son fils puisse se trouver parmi elles, son cœur manqua un battement. Quand il approcha, il vit cinq hommes dont deux semblaient à peine plus vieux que Danny. Au bruit de ses pas, les SDF levèrent la tête. Leurs regards, méfiants et farouches – comme ceux des loups affamés qui hantaient ses collines – brillaient comme du métal à la lueur du brasier. Christy tira la photo de Danny de sa poche. Il la brandit sous leurs nez, sans accepter qu'ils la touchent.

« Avez-vous vu mon fils ? demanda-t-il.

— Non, répondirent les clochards d'une seule voix.

— Êtes-vous sûrs ? Pourriez-vous regarder de nouveau ? »

Ils gardèrent le silence et continuèrent à se chauffer les mains. Une nausée retourna l'estomac de Christy. Il n'arrivait pas à savoir s'il était soulagé que ces types crasseux ne connaissent pas Danny. Il leva les yeux vers les pylônes en pierre dressés au-dessus de leurs têtes et s'éloigna. Dix mètres plus loin, il fit volte-face. Il s'était tellement concentré sur le groupe de vagabonds, et sur son espoir d'apercevoir Danny, qu'il n'avait pas réalisé qu'il se trouvait en dessous du Brooklyn Bridge, du pilastre ouest plus exactement. Il contempla les guirlandes lumineuses qui s'étiraient le long de l'East River, les câbles d'acier descendant des piliers gothiques, et sa gorge se serra à l'idée de se trouver aussi près du pont. Était-il possible que Danny ait acheté une carte postale dans une boutique du coin ? Peut-être qu'en revenant en plein jour, il mettrait la main sur la personne qui la lui avait vendue...

Convaincu plus que jamais d'être sur la bonne piste, il courut dans une cabine téléphonique et composa la ligne directe du 10e District de Chelsea. La voix qui lui répondit l'informa que Rip Collins n'était pas de service.

Le lendemain matin, Christy reprit le chemin de son stand, frémissant d'excitation. Debout, sur le trottoir enneigé de la Neuvième Avenue, il avait du mal à se concentrer et s'impatientait d'aller fouiller les dédales du centre de New York et d'écumer les boutiques de souvenirs qui vendaient des cartes postales du Brooklyn Bridge.

Il vit Liz sortir du Moonstruck en compagnie de la jeune femme timide. Il les regarda se parler quelques instants, puis s'embrasser et se séparer. Alors que Liz approchait de sa boutique, il la gratifia de son sourire effronté de camelot. Il était sur le point de lui proposer un arbre pour accrocher ses chapeaux dans sa vitrine lorsqu'une voiture de police remonta la rue. La vitre se baissa automatiquement.

« Comment allez-vous, Christy ? C'est un plaisir de vous revoir par ici, lança l'officier

Rip Collins, non sans avoir au préalable accordé à Lizzie une œillade admirative qu'elle ignora avec coquetterie.

— Pareil pour moi », répondit Christy, en oubliant aussitôt ses instincts de vendeur.

Il plongea une main dans sa poche à la recherche de la carte postale.

« Écoutez, je...

— Le sergent de garde m'a dit que vous aviez appelé hier soir. Désolé, je n'étais pas là. Que se passe-t-il?

— Je crois que j'ai un indice concernant Danny, avança Christy. Tenez... »

Il tendit la carte à Rip qui la lut, la retourna dans tous les sens avant d'examiner attentivement la photo. Le cœur de Christy se gonfla à l'idée de ce qu'il ressentirait lorsqu'il reverrait son fils.

« Parfait, dit Rip. Vous m'en avez déjà parlé au téléphone, cet été.

— J'ai pensé qu'on pourrait peut-être vérifier dans les boutiques de souvenirs, du côté du Brooklyn Bridge. Je suis tombé dessus par hasard la nuit dernière. Si je n'étais pas obligé de surveiller mon stand, j'y filerais immédiatement.

— Les boutiques de souvenirs? » répéta Rip, interloqué.

Christy glissa sa tête par la vitre ouverte et remarqua que l'adjoint de Rip ricanait sous cape.

« Je ne cherche pas à vous expliquer comment faire votre boulot, se récria-t-il par peur d'offenser les deux policiers. Mais mon fils a dû traîner dans le coin, près du pont, et y acheter une carte. Regardez, ça a été pris de nuit. Les lumières ressemblent à des étoiles, je suis sûr que c'est ce qui a plu à Danny. Son pays lui manque, j'en suis convaincu. Alors? Que comptez-vous faire? Pensez-vous interroger les propriétaires de boutiques pour touristes?

— Christy, on trouve ce genre de produits dans toute la ville. Même à Chelsea. »

Christy se raidit.

« C'est pareil en Irlande, on peut acheter des cartes de Blarney Stone à Dublin et des cartes de Dublin à Galway. C'est comme ça que ça marche. Si vous entrez dans cette pharmacie, là-bas, vous trouverez des photos du Brooklyn Bridge, de la statue de la Liberté et du Rockefeller Center – même du zoo du Bronx. »

Le collègue de Rip laissa échapper un gloussement.

« On parle d'un gamin paumé. Ce n'est pas drôle.

— Nous le savons, approuva doucement Rip en fusillant son adjoint du regard.

— Je pensais... »

La voix de Christy se brisa comme s'il avait perdu tout espoir.

« Nous le cherchons toujours, insista Rip. Mais c'est difficile... La ville est immense et il y a beaucoup de fugueurs... Croyez-moi, je ne renonce pas. »

Christy opina d'un air hagard tandis que les deux policiers lui serraient la main et s'éloignaient au volant de leur voiture. L'odeur de pins qui émanait de son stand lui donnait envie de se réfugier au cœur de la forêt. C'est ce qu'il faisait au Canada quand l'absence de Danny était trop lourde. Où était son fils ? Où allait-il lorsque sa famille et son pays lui manquaient ? Cela devait bien lui arriver parfois. C'était forcé. Danny aimait la nature plus que tout. Il adorait grimper aux arbres, sauter de branche en branche, imiter le chant des oiseaux, se cacher sous les buissons et regarder les hiboux quitter leurs nids à la nuit tombée. Christy n'avait jamais rencontré personne qui traquait mieux les prédateurs nocturnes que son fils.

Et la météo? Danny avait besoin de sentir les caresses du vent sur sa peau. Il aimait se plonger dans l'étude des cartes, annoncer à son père l'arrivée des basses pressions, des vagues de chaleur et du jet-stream. Si seulement Christy l'avait davantage écouté! Si seulement il lui avait accordé le respect qu'il méritait. Danny voulait simplement l'aider à prévenir les risques, à optimiser son travail. Il ne pouvait pas se passer des températures extrêmes de Cape Breton. Comment survivait-il à New York?

Bouleversé par les paroles de Rip, Christy remarqua à peine que Liz l'observait du seuil de sa boutique, son trousseau de clefs à la main. Elle n'avait visiblement rien perdu de la scène. Tirant une carte de la poche arrière de son jean, il se concentra exclusivement sur les parties boisées de la ville – là où son fils était susceptible d'avoir trouvé refuge.

IV

Catherine n'avait pas la tête à son travail. L'enveloppe et la feuille de papier que lui avait données Lizzie lui brûlaient le fond de la poche. Chaque fois que quelqu'un pénétrait dans la bibliothèque, elle avait l'impression de commettre un délit contre la Rheinbeck Corporation – et ce n'était pas la première fois.

Les Rheinbeck, qui constituaient l'une des plus vieilles lignées de Manhattan, remontaient à l'époque de la Dutch West India Company. Sylvester Rheinbeck, le patriarche, possédait toujours, le long de l'Hudson River, les propriétés que son ancêtre avait reçues avant la reddition de Peter Stuyvesant.

Sa famille avait fait fortune dans la banque, le pétrole et l'immobilier, mais l'affection qu'il portait à la ville de New York l'avait poussé à financer des programmes destinés à améliorer la vie de ses concitoyens.

Les Rheinbeck s'étaient toujours montrés généreux envers Catherine. Étudiante au College de New Rochelle, elle était sortie major en anglais avant d'obtenir un master de bibliothécaire à l'université de Columbia. Alors que la plupart de ses compagnes de classe avaient trouvé un emploi dans des facultés et des bibliothèques fédérales, Catherine avait été embauchée par les Rheinbeck pour superviser leurs merveilleuses archives privées du cinquante-quatrième étage.

La journée s'étirait. Maintenant que les jours raccourcissaient, le soleil se couchait vers quatre heures. Elle le regarda descendre derrière les tours de Central Park West et au-delà des Jersey Palisades, mince rayon orangé qui se mêlait à l'étendue enneigée du parc avant de se fondre doucement dans l'obscurité. Bientôt, l'immeuble serait désert et *elle ouvrirait la porte.*

84

Sur son bureau s'empilaient des ouvrages de référence dont elle marquait les pages à chaque fois qu'elle y trouvait une image d'ange. Sylvester Rheinbeck avait lancé depuis peu son projet baptisé « Look-Up ». Son intention était de localiser toutes les figures en pierre, d'angelots, de séraphins, de démons, de lions, de serpents et de griffons ailés existant à Manhattan. Outre ces créatures – qui avaient sa préférence – il s'intéressait également aux médaillons, couronnes, clefs, crosses, croix celtiques, bateaux et toutes autres curiosités et symboles sculptés sur les immeubles ou sur les ponts. Tout cela devait figurer dans un guide qui, outre ces détails architecturaux, devait lister les familles d'oiseaux qui survolaient New York, les formations de nuages et une carte de la voie lactée telle qu'elle se présentait au-dessus de la ville. Ce livre d'un nouveau genre serait distribué dans les écoles et au coin des rues, afin que les gens prennent enfin l'habitude de « lever les yeux », d'où le nom du programme.

Peu après cinq heures, Sylvester Rheinbeck entra en boitillant dans la bibliothèque, appuyé sur sa canne. Catherine faillit bondir de sa chaise. Elle le pensait déjà parti. Son visage était long et ridé comme celui d'un basset et il portait de petites lunettes à monture dorée, perchées sur le bout de son nez. Son costume, élimé aux manches et aux coudes, était l'œuvre d'un tailleur de Savile Row – et datait au moins d'une vingtaine d'années. S'habiller était pour Sylvester une perte de temps. À quatre-vingt-deux ans, il savait qu'il lui restait peu de temps à vivre et ne consacrait son attention qu'aux choses qu'il jugeait importantes.

« Qu'avez-vous trouvé aujourd'hui ? demanda-t-il à Catherine.

— Cette tête de chérubin, répondit-elle en lui montrant dans un livre une photo en noir et blanc. Elle est située au-dessus de l'encadrement de la porte d'une papeterie dans Madison Avenue.

— Excellent. Vous êtes-vous assurée qu'elle existait toujours ? Qu'elle n'a pas été enlevée par des promoteurs rapaces et bornés tels que... »

Il s'interrompit, mais Catherine était persuadée qu'il allait dire « mon fils ».

« Oui, elle est toujours là. »

Elle coula un regard discret sur sa montre et son cœur se mit à battre à coups redoublés – cinq heures vingt.

« Ces types cherchent à nous cacher la lumière. Leurs tours sont tellement hautes qu'elles masquent la couleur du ciel. Mais ils s'en fichent. Mon grand-père s'est toujours moqué que cet immeuble fasse de l'ombre à Central Park.

— Vous vous efforcez de réparer ça, monsieur Rheinbeck. Je le sais.

— Si seulement mon fils partageait mon point de vue ! Mais il semble avoir adopté la philosophie de son aïeul, cela a dû sauter une génération. Comment les enfants de cette ville peuvent-ils rêver sans voir les nuages au printemps, sans admirer les étoiles au cours des nuits d'été, allongés sur l'herbe ?

— Je l'ignore, hasarda Catherine en lorgnant discrètement vers la porte de service.

— Les gens ont besoin de lever les yeux, poursuivit-il. Même dans les tunnels en béton de New York. Peu importe si c'est pour regarder les oiseaux, les anges ou le ciel. L'essentiel, c'est qu'ils le fassent.

— Nous progressons rapidement », fit-elle

en esquissant un large geste en direction des dossiers et des piles de livres entassés sur sa table.

Il secoua la tête et poussa un profond soupir.

« Le temps file. Je serai mort avant que cet ouvrage soit terminé. Vous savez Catherine, les Rheinbeck sont présents dans tous les secteurs – les services bancaires, le courtage, l'énergie, sans compter tous les projets immobiliers de mon fils – mais ce qui me rend le plus fier, c'est l'œuvre que nous accomplissons, ici, dans ce bureau. Voilà ce que j'étais venu vous dire... Continuez sur cette lancée. »

Sur ces mots, il tourna les talons sans attendre de réponse et boitilla en direction du couloir. En entendant le bruit de la canne marteler le sol, Catherine sentit des larmes lui monter aux yeux. Elle se sentait tellement coupable de profiter de lui. Cela faisait un an qu'elle trompait sa confiance et voilà que ce soir, elle allait recommencer. Pour couronner le tout, elle ne croyait même pas en la mission qu'il lui avait confiée. Les gens lèveraient-ils réellement la tête, comme le projet les invitait à le faire ? De toute façon, leurs vies en seraient-elle améliorées ?

Après s'être assurée que l'ascenseur était descendu au rez-de-chaussée, elle courut vers l'entrée de service qui donnait sur une cage d'escalier intérieure, empruntée tous les vendredis par le concierge pour ramasser les poubelles. Son cœur battait à coups précipités et irréguliers. Cela faisait un an qu'elle avait ouvert cette porte pour la première fois. Aujourd'hui, ce geste était devenu habituel. Elle tourna la poignée...

Danny Byrne se tenait sur le seuil, les joues empourprées. Ses cheveux longs bouclaient sur le col de la veste que Lizzie lui avait dénichée dans la benne de vieux vêtements déposée devant Sainte-Lucy. Son visage encore imberbe s'ornait ici ou là de quelques poils broussailleux et une lueur d'animal blessé brillait dans ses yeux. Pourtant, il arborait une expression presque atone qui rappela à Catherine celle qu'avait eue son père, ce matin. On aurait dit qu'ils avaient traversé plus d'épreuves qu'ils ne pouvaient en endurer.

« Salut, C ! dit-il simplement.

— Lizzie m'a donné ton message, mais

monsieur Rheinbeck est monté alors que j'allais t'ouvrir.

— Je sais, je l'ai entendu. »

Il paraissait inquiet.

« Approche-toi, laisse-moi t'embrasser. »

Elle lui ouvrit les bras mais il se contenta de s'incliner en avant comme s'il refusait de recevoir ou de donner trop d'affection et voulait garder intacte la carapace qu'il s'était forgée à Noël dernier en rejoignant la cohorte des sans-abri.

Lorsqu'elles l'avaient vu fouiller dans les poubelles, au lendemain de la scène qui l'avait opposé à son père, Catherine et Lizzie avaient décidé de « l'adopter » – ou du moins de l'aider autant qu'il le souhaiterait. Il refusait de parler de sa famille ou de la Nouvelle-Écosse et cultivait le mystère, disparaissant si brutalement que Lucy, inspirée par sa dernière rédaction à l'école, l'avait surnommé Harry Houdini, du nom du célèbre magicien. Au cours des premiers mois, il avait rejeté l'idée de dormir chez Catherine ou chez Lizzie, et plus encore dans un refuge. En fait, il repoussait toutes les aides, comme s'il cherchait à se punir d'avoir abandonné son père et sa sœur. À l'entendre, les projets qui l'avaient amené à New York ne l'autorisaient pas à vivre dans le confort.

Un jour, cependant, désireux de s'inscrire à la bibliothèque, il avait demandé à Lizzie s'il pouvait se faire domicilier chez elle. Mais comme cette démarche exigeait qu'il ait une carte d'identité, il avait changé d'avis. C'est alors que Lizzie lui avait parlé des archives Rheinbeck. À plusieurs reprises, Catherine l'avait invité à la fermeture des bureaux, à consulter des livres et des ouvrages de référence. Elle ne comptait plus le nombre de fois où il s'était endormi, la tête posée sur sa table en acajou sculpté.

Au bout de quelques semaines, Catherine lui avait prêté une couverture et, parfois, il s'allongeait sur le rebord de la fenêtre, juste au-dessus du chauffage, face à la fenêtre et à Central Park.

« Tu veux dormir ici cette nuit ? lui demanda-t-elle.

— Ce n'est pas pour ça que je suis venu. »

Elle le contempla en silence. Un sillon profond se dessina entre les yeux de Danny, comme s'il réfléchissait à ce qu'il allait dire. Il paraissait si jeune et si adulte en même temps.

Catherine examina à la dérobée la cicatrice rouge et boursouflée qui déformait légèrement sa joue. Il avait été attaqué une nuit d'hiver pendant son sommeil, alors qu'il dormait dans le parc sous un pont et, par manque d'argent, avait renoncé à se faire poser des agrafes. C'était Catherine qui d'autorité l'avait emmené aux urgences du St-Luke-Roosevelt.

« J'ai une cachette maintenant, confia-t-il en surprenant son regard inquiet.

— Où est-ce ? »

Au fond, elle ne le croyait pas. Dany mentait quand cela l'arrangeait, refusant de dire à quiconque en quoi consistaient ses projets. La seule chose qu'il affirmait, c'était qu'il ne laisserait personne se mettre en travers de sa route. Pour avoir la paix, il semblait prêt à tout.

« Je ne peux pas te le dire. Ce serait comme si Houdini révélait le secret de ses tours de magie.

— Oh Harry ! » s'écria-t-elle en voyant un sourire ironique étirer ses lèvres.

Il avait beau avoir dix-sept ans, il était resté

92

un enfant. Et le surnom que lui avait donné Lucy le réjouissait visiblement.

« Bon, alors je suppose que tu es venu consulter des livres, soupira Catherine. Je te demande juste de baisser les stores quand tu allumeras la lumière. Je ne voudrais pas que Sylvester Junior vienne fouiner ici, en rentrant de l'opéra.

— Tu as peur d'avoir des ennuis à cause de moi ? »

Catherine baissa les yeux. Comment exprimer en peu de mots les sentiments contradictoires qui l'habitaient ? En dépit de sa philanthropie, Sylvester Rheinbeck avait instauré des règles strictes concernant l'accès à la bibliothèque et aucun étranger n'était autorisé à y pénétrer. Beaucoup d'ouvrages avaient une valeur inestimable et la plupart des éditions anciennes appartenaient à la famille depuis des générations. Catherine se sentait coupable de laisser Danny les consulter.

« Je n'ai sûrement pas le droit d'être ici, affirma ce dernier. Je ne veux pas te causer des ennuis.

— Ne t'inquiète pas pour ça. Au fait, as-tu pris de nouvelles photos ?

— Non. J'allais t'en parler. Je n'ai plus de film. »

Elle ouvrit le tiroir de son bureau et lui tendit un rouleau de pellicule.

« Tu sais... Ton père et ta sœur sont de retour. »

Il inclina la tête.

« Je suis au courant. Je suis passé à Chelsea hier soir, je les ai aperçus. »

Elle garda le silence, attendant la suite.

« Je voulais te demander un service. Tu n'es pas obligée d'accepter. Je peux me débrouiller autrement...

— Vas-y », coupa Catherine.

Demander l'aide d'autrui lui semblait toujours insurmontable. Il s'éclaircit la gorge et tourna son regard vers la fenêtre. Vu d'en haut, Central Park formait un espace vierge et obscur, à peine émaillé par la lueur des réverbères. Au-dessus du Pond, sur lequel se reflétaient comme dans un halo les lumières de la ville, on discernait la silhouette du Gapstow Bridge. Des patineurs virevoltaient sur le Wollman Rink. Danny les observa si longuement que Catherine se demanda s'il cherchait à récupérer son sang-froid.

« C'est au sujet de ma sœur », lâcha-t-il après un autre silence prolongé.

Ses yeux étaient empreints d'une telle émotion qu'elle en fut bouleversée. Sa voix tremblait et il était évident qu'il s'efforçait de retenir ses larmes. Jamais elle ne l'avait vu dans cet état.

« Elle te manque, n'est-ce pas ? » demanda-t-elle doucement.

Il s'en défendit d'un vigoureux mouvement de tête.

« Ne me pose pas ce genre de question.

— Danny, pourquoi ne vas-tu pas sur le stand ? Je pourrais t'accompagner si tu veux. »

En dépit du peu de sympathie que lui inspirait le vendeur de sapins, elle le plaignait de ne pas savoir où se trouvait son fils.

« Arrête de me parler de lui, s'indigna-t-il, sinon je m'en vais. Je te jure que je le ferais. »

Elle lui sourit avec tendresse. Chaque fois qu'elle lui avait suggéré d'écrire à sa famille ou de lui téléphoner, il avait usé des mêmes menaces. Il ne parlait jamais de son père — elle ignorait si ce dernier le battait, le maltraitait ou si Danny détestait simplement vivre là-bas, en Nouvelle-Écosse mais elle devinait que pour un garçon de son âge, les choses avaient dû être difficiles. Sa seule certitude, c'est qu'il avait des projets et qu'il ne laisserait personne se mettre en travers de son chemin.

« D'accord, je ne dirai plus rien.

— Bon, fit-il après avoir pris une grande inspiration. Tu n'es pas forcée de m'aider, mais si tu en as envie... j'aimerais bien que tu fasses quelque chose pour moi, vendredi soir. »

Et il lui expliqua ce qu'il attendait d'elle.

Debout, derrière son stand, Christy planifiait mentalement l'organisation de sa soirée. Il achèterait des plats chinois à emporter pour Bridget – des crevettes à la sauce aigre-douce, ses préférées – et après avoir dîné avec elle, il lui lirait une histoire en espérant qu'elle s'endormirait rapidement. Il ne voulait pas qu'elle se sente négligée ou abandonnée mais il lui fallait repartir à la recherche de Danny. Aujourd'hui, la recette avait été bonne – il avait vendu pas mal d'arbres et encore plus de couronnes. Il essaya de se réchauffer en dansant d'un pied sur l'autre. Encore quelques minutes et il pourrait fermer pour la nuit. Ses oreilles et ses joues le piquaient. Il chercha à chasser sa sensation de froid en listant les endroits où il serait susceptible de trouver Danny. C'est alors qu'il entendit des pas crisser dans la neige. Il releva la tête. La jeune femme timide descendait l'avenue d'un pas pressé.

« Bonsoir, lança-t-il en souriant.

— Bonsoir. »

À sa grande stupéfaction, elle s'immobilisa devant lui. Elle était mince et mesurait environ un mètre soixante-cinq. Elle portait son manteau noir et une écharpe enroulée autour du cou. Malgré l'obscurité, ses yeux gris brillaient derrière ses fines lunettes. Ses cheveux blonds et raides lui tombaient sur les épaules. Il remarqua ses boucles d'oreilles – des minuscules pierres de lune semblables à celles qui venaient s'échouer sur les plages de Pleasant Bay.

« Vous désirez un sapin ? attaqua-t-il.

— Non.

— Une couronne, alors ? »

Étrangement, il peinait à faire son numéro de camelot. Peut-être était-il fatigué ? Ou trop pressé de se lancer sur les traces de Danny. À moins que ce soit à cause de son regard inquisiteur, comme empli de défiance...

« Je voulais inviter votre fille à se joindre à moi et mes amies, demain soir, articula-t-elle lentement.

— Bridget ? Vous souhaitez qu'elle vous accompagne ? »

Cette invitation inattendue le réjouit et lui fit battre le cœur un peu plus vite.

« Oui, nous allons à l'illumination du sapin du Rockefeller Center.

— Oh, c'est merveilleux ! Elle va être folle de joie. Elle en rêve depuis des années, comme son frère d'ailleurs... »

Il s'interrompit. Était-ce son imagination ou l'avait-il vue tressaillir ? Incapable de contenir sa joie, il reprit :

« C'est un gigantesque épicéa, m'a-t-elle dit. Il mesure au moins vingt-cinq mètres cinquante. Elle l'a vu à la télévision...

— Pensez-vous qu'elle voudra venir avec nous ?

— J'en suis persuadé. Elle mettra ses habits de fête, sa plus jolie robe, ça c'est sûr. »

Elle lui sourit.

« Il va faire très froid. »

Christy éclata de rire, emporté par un trop-plein d'enthousiasme. Mary se moquait souvent de lui, à ce sujet. Quand des émotions trop violentes le submergeaient, il ne parvenait plus à se maîtriser. Rien que d'imaginer le visage de Bridget quand il lui annoncerait la nouvelle... À cette pensée, il laissa échapper un petit gloussement.

« Merci beaucoup, Bridget en sera très heureuse. Au fait, c'est comme ça qu'elle se prénomme... Oh, mais vous le savez... bafouilla-t-il stupidement. Forcément... On se croise ici depuis des années. Je ne me suis pas présenté, je suis Christopher Byrne. Christy.

— Catherine Tierney. »

Ils se serrèrent la main.

« Vous avez un nom bien irlandais.

— C'était celui de mon mari. Mon nom de jeune fille est O'Toole.

— Il est tombé amoureux d'une charmante Irlandaise.

— Cela a été réciproque... »

Elle se tut. La petite lueur de tristesse qu'il avait déjà vue dans ses yeux – celle qui lui avait laissé croire qu'elle était en deuil – réapparut.

« Brian est-il mort ? » demanda-t-il.

Seigneur ! Pourquoi avait-il dit cela ? Qu'est-ce qui lui avait pris ? Les mots étaient sortis de sa bouche sans qu'il prenne le temps de réfléchir. Elle cligna des paupières et courba la tête, visiblement accablée par l'émotion.

« Oui », répondit-elle, bouleversée.

Les vibrations qui émanaient d'elle donnèrent à Christy l'envie de lui parler de Mary. Il aurait voulu la convaincre qu'il comprenait parfaitement sa douleur. Survivre à la mort d'un conjoint était une terrible épreuve. Mais, pour une fois, il était sans voix.

« Je suis désolé », se contenta-t-il d'articuler.

Elle opina légèrement et son regard gris se perdit dans le vague. Quand, finalement, elle releva les yeux, Christy remarqua qu'ils étaient atones, presque absents. Elle était de nouveau sur ses gardes.

Ils planifièrent la sortie du lendemain soir – Bridget serait sur le stand à cinq heures et accompagnerait Catherine, Lizzie et Lucy à l'illumination – puis se séparèrent. Christy la regarda s'éloigner tout en se maudissant. Pourquoi avait-il gaffé? Pendant un instant, elle avait semblé si rayonnante, comme soulagée de son chagrin. Voilà ce qu'il avait envie de lui dire. Mû par ce sentiment, il avança sur le trottoir, et se mit à la suivre machinalement. Il savait comment la réconforter. Il lui expliquerait qu'un jour, elle se sentirait beaucoup mieux, que la souffrance, aussi paralysante soit-elle, finirait par disparaître. Les choses venaient petit à petit, sans que l'on s'en rende compte. Un matin, le poids qui vous comprimait la poitrine s'envolait brutalement et l'on se prenait à sourire devant un rayon de soleil. Ou à apprécier le goût d'une pomme. Bien sûr, la tristesse revenait vous envelopper, mais une fois qu'elle avait commencé à se dissiper, la nuit n'était plus jamais aussi noire. C'était ainsi que cela s'était passé pour lui, après le décès de Mary. C'était exactement ça qu'il voulait lui raconter. Mais alors qu'il accélérait afin de la rejoindre, il la vit s'arrêter dans la 20e Rue et se figer d'un seul coup. Quelque chose semblait avoir attiré son attention. Elle prit une longue respiration et leva les yeux. Christy suivit son regard. Il aurait juré qu'elle fixait la mansarde d'une des demeures en brique. Elle trottina lentement, l'air effrayé, comme si elle craignait d'apercevoir un fantôme. Elle s'approcha de la maison, appliqua sa main sur la rambarde en fer forgé et gravit les marches du perron. Le cœur de Christy battait à tout rompre. Elle marqua un temps sur le seuil, semblant hésiter à pénétrer à l'intérieur, puis glissa sa clef dans la serrure avant de refermer la lourde porte derrière elle.

Christy resta sans bouger, sur le trottoir d'en face. Il était trop tard pour lui parler et la convaincre que c'était justement lorsque tout paraissait insurmontable qu'il fallait s'accrocher à sa foi. C'était grâce à cette attitude que lui-même avait réussi à vaincre sa douleur. Si seulement cela pouvait m'aider aujourd'hui à supporter l'absence de Danny, songea-t-il en revenant sur ses pas afin d'aller fermer son stand et rejoindre Bridget. Mais là, c'était différent, son fils n'avait que dix-sept ans et traînait quelque part dans les rues de New York. La peur et le chagrin qu'il éprouvait étaient pires que tout ce qu'il avait déjà vécu.

V

Lorsque Catherine apparut, le vendredi soir, sur le stand de Christy, il faisait déjà nuit et les lumières de la ville commençaient à s'allumer. Le temps était à la neige – ce qui était une heureuse perspective pour l'illumination. Debout, à côté de son père, Bridget ajustait sur son épaisse chevelure rousse un béret de laine verte que Lizzie lui avait apporté.

« Catherine, on en a pris un blanc pour toi ! s'exclama Lucy en la voyant apparaître.

— Catherine Tierney, coupa Christy, j'aimerais vous présenter ma fille, Bridget Byrne. »

En serrant la main de la fillette, Catherine

ne put s'empêcher de remarquer qu'elle ressemblait étonnamment à son frère.

« Je suis ravie de vous rencontrer, dit-elle avec un large sourire. J'ai l'impression de vous connaître déjà. Je vous ai vue grandir au fil des années.

— Nous avons tous le même sentiment, renchérit Lizzie.

— Je vous remercie de m'avoir invitée », murmura Bridget.

Sa voix était douce et timide, mais son regard pétillait de vie.

« C'est une gentille petite fille », précisa Christy d'un ton las.

Son visage buriné par le grand air était sillonné de minuscules rides et de larges cernes soulignaient ses yeux. Il paraissait plus fatigué que la veille au soir.

« Vous n'aurez pas de problèmes avec elle, reprit-il. Elle est obéissante. »

Catherine s'empourpra. Faisait-il allusion à Danny ? Elle n'osa pas le regarder en face.

« Ne t'inquiète pas, papa, confia Bridget. Je serai sage. »

À cet instant, un client s'approcha du stand et le petit groupe s'éloigna d'une démarche joyeuse en direction du métro. Les quatre filles avaient fière allure, coiffées des chapeaux de Lizzie. Bien qu'ils soient tricotés à la main, chacun avait sa spécificité. Celui de Bridget arborait un sucre d'orge accroché à son ruban, celui de Lucy, une couronne, et ceux de Lizzie et Catherine s'ornaient respectivement d'une bougie et d'un sapin de Noël.

« Pourquoi l'arbre de Catherine ne porte-t-il pas de décoration ? interrogea Lucy en scrutant, la mine perplexe, le couvre-chef blanc.

— Je ne sais pas, répondit Lizzie. Le chapelier a préféré ne pas en mettre, voilà tout.

— Je connais des gens qui aiment mieux les sapins nus, avança Bridget. Juste avec leurs aiguilles couvertes d'écume de sel. Parfois, on y trouve des oiseaux, des nids ou même des plumes...

— Vraiment ? s'étonna Lucy. Tu es sûre ? »

En bonne citadine, elle trouvait cette idée tout simplement magique.

« Oui. Cela arrive tout le temps en Nouvelle-Écosse », commenta Bridget avant de relater à sa nouvelle amie comment un jour son frère avait découvert deux œufs mouchetés au milieu des branches d'un épicéa bleu.

Lucy l'écoutait avec un mélange de vénération et de stupéfaction. Pendant ce temps, Catherine et Lizzie fermaient la marche en discutant des derniers événements.

« Que s'est-il passé l'autre soir ? chuchota Lizzie. Que t'a dit Danny ?

— Il veut qu'on se poste près de la balustrade, juste au-dessus de la patinoire, côté 50e Rue.

— Avec la foule qu'il y aura ! Comment va-t-il nous repérer ? Et d'abord, pourquoi veut-il voir sa sœur ? J'espère qu'il ne va pas commettre une folie, genre la kidnapper ou un truc comme ça...

— Non, il a dit...

— Quelles que soient les raisons pour lesquelles il ne s'entend pas avec son père, elle n'a que douze ans. Elle est bien trop jeune pour le suivre...

— Il le sait. Je pense qu'il a organisé ce rendez-vous pour lui faire plaisir, *à elle*.

— Tu crois ? »

Catherine hocha la tête.

« Il m'a expliqué qu'elle rêvait d'assister à

106

l'illumination de ce sapin depuis qu'elle est toute petite. Elle l'a vue à la télévision. Mais son père a toujours été trop occupé par son travail pour l'y emmener.

— Il veut qu'on fasse un cadeau à sa sœur, c'est ça ?

— Oui.

— Je pense que c'est dans nos cordes. »

Aller au Rockefeller Center représentait une expédition pour Lizzie. Généralement, il y avait toujours foule et les vitrines des magasins ressemblaient à des shows de Broadway. Les femmes portaient toutes des manteaux de fourrure, des hauts talons et ne se déplaçaient jamais sans au moins cinq sacs à la main. C'était vraiment le temple de la société de consommation – surtout en période de Noël. Bien que strictement parlant, le Rockefeller Center soit situé en plein cœur de Manhattan, il se trouvait malgré tout au nord de la 23e Rue, ce qui pour Lizzie signifiait qu'il faisait partie de l'Uptown. Les New-Yorkais se répartissaient en deux catégories : ceux de Downtown et ceux de l'Uptown – les beaux quartiers. Certains prétendaient que Canal Street constituait la frontière entre ces deux mondes mais Lizzie savait que cette affirmation n'était qu'une invention des promoteurs immobiliers. Pour elle, être de Downtown était une question d'attitude. Les résidents de l'Uptown ne juraient que par les marques, se rendaient au Lincoln Center en limousine et se faisaient coiffer par des artistes capillaires reconnus. Beaucoup interdisaient l'accès des appartements aux animaux domestiques et accordaient une grande importance aux différences existant entre Barney's et le Bergdorf Goodman. Les gens de l'Uptown dépensaient beaucoup d'argent, se levaient de bonne heure et vérifiaient le cours des actions.

À Downtown, c'était l'inverse. On faisait la grasse matinée – sauf si l'on avait des enfants en âge scolaire – et l'on adorait par-dessus tout la créativité. Et jamais on ne vous faisait d'ennuis à cause d'un animal. Là-bas, vos voisins de palier étaient souvent des guitaristes ou des musiciens en herbe. Downtown, c'étaient les chapeaux et les services à thé de Lizzie. D'ailleurs, cette dernière avait résolument choisi son camp et affirmait sa détestation pour « le territoire ennemi ». À l'entendre, rien que l'idée de s'aventurer au-delà de la

23ᵉ Rue lui provoquait des saignements de nez. Aucune de ses histoires d'amour avec un homme de la Ville Haute, comme on dit à New York, n'avait survécu à l'étape cruciale du premier cocktail.

En un mot, si elle avait accepté ce soir-là de braver ses propres limites – et de se rendre au Rockefeller Center – c'était à cause de Catherine.

Elles débutèrent la soirée en allant dîner chez Miss Rumple's, juste à côté de la tour Rheinbeck. En silence, Lizzie observa Catherine qui aidait les deux fillettes à décrypter le menu, à faire leur choix entre les canapés jambon-fromage, le beurre de cacahuète ou la confiture d'abricots et entre le Darjeeling et le thé au thym sauvage. Visiblement, elle prenait son rôle au sérieux et veillait à tenir la promesse qu'elle avait faite à Danny : Lucy passait une soirée formidable. Catherine était à l'aise dans les marécages des quartiers chic. Elle savait imiter l'air hautain des serveuses et naviguait allègrement dans le luxe. Il est vrai qu'elle avait été mariée à un homme issu de la meilleure société. Lizzie se rappelait encore son étonnement lorsque sa meilleure amie lui avait présenté Brian. C'était un habitué du Carnegie Hall, propriétaire d'un appartement à l'angle de Madison Avenue et de la 91e Rue, ancien de Harvard et membre de l'Union Clubs. Il travaillait à Wall Street dans une firme juridique. Au départ, littéralement affolée, Lizzie avait failli envoyer Catherine consulter un exorciste.

« Quoi ? Tomber amoureuse d'un avocat ? » s'était-elle écriée. « Tu dois être folle ». À dire vrai, Brian s'était révélé un être extraordinaire. Malgré la richesse de ses clients et les contrats juteux qu'il négociait tous les jours, il se souciait réellement des défavorisés et donnait de son temps et de son argent à Amnesty International, au New York City Audubon et au Community Access. À l'époque où il avait rencontré Catherine, il était bénévole à la soupe populaire de Saint-Ignace-de-Loyola et parrainait un enfant de Harlem.

Catherine et lui s'étaient croisés un jour dans l'ascenseur de la tour Rheinbeck, famille dont il défendait les intérêts. Le voyant monter jusqu'au cinquante-quatrième étage, Catherine s'était tournée vers lui.

« C'est la bibliothèque ici. Mais si vous cherchez les bureaux...

— Non. Je veux simplement vous inviter à dîner ce soir », avait-il répondu.

Catherine avait accepté et il l'avait emmenée d'abord chez Aureole, puis le lendemain au Bernardin et ensuite au Café des Artistes – quelques-uns des meilleurs restaurants de New York.

Le quatrième jour, Catherine s'était confiée à Lizzie.

« Il est merveilleux, il est vraiment soucieux des autres et rêve de changer le monde, mais je ne l'ai jamais vu habillé autrement qu'avec un costume ! Et les endroits où il me sort... C'est magnifique, mais ça va une fois par an...

— Dis-lui que tu as envie de manger une pizza, l'avait supplié Lizzie. C'est le meilleur test. S'il te pose un lapin, c'est qu'il est arrogant et guindé. Un sale type, quoi ! »

Catherine s'était exécutée... et Brian avait relevé le défi avec succès. Vêtu d'un jean pour l'occasion, il l'avait invitée chez John's sur Bleecker Street où il avait été une fois encore un compagnon délicieux.

« Si j'ai voulu vous traîner dans ces lieux chic, lui avait-il expliqué, c'est parce que vous le méritez. Vous êtes si merveilleuse que je voulais vous impressionner. »

Finalement, c'est là, dans cette ambiance détendue, que Catherine était tombée amoureuse de lui. En peu de temps, ils s'étaient donnés l'un à l'autre, sans réserve. Brian avait appris qu'elle était née à Chelsea, dans une famille modeste. Loin d'être pauvre, son père n'était qu'un simple policier new-yorkais. Enfant, lorsqu'elle traversait la 20e Rue Ouest pour se rendre à l'école Sainte-Lucy, elle rêvait à une vie confortable dans l'une des demeures de Cushman Row – quartier qu'elle lui fit visiter un jour lors d'une promenade au clair de lune. Quand ils se marièrent, Brian exauça son désir et lui acheta une jolie maison en brique rouge.

Brian avait éprouvé une immense passion pour Catherine. Mais au bout de six ans de vie commune, il avait été emporté par un mélanome en l'espace de deux mois. Au fond, Lizzie comprenait l'attitude de Catherine. Sans doute qu'à sa place, elle aurait également tourné le dos à Dieu qui lui avait enlevé l'être qu'elle chérissait le plus au monde. Il lui était arrivé parfois de crier sa colère contre le Tout-Puissant. Pas seulement à cause de la mort de Brian, mais parce qu'elle estimait avoir perdu un peu de sa meilleure amie dans cette tragédie. Elle ne pouvait pas supporter de la voir souffrir. Les semaines précédant Noël – et l'anniversaire de la disparition de Brian – étaient les pires. Catherine le cherchait partout. Elle le voyait dans le ciel, guettait son fantôme. Lizzie était persuadée qu'elle passait la plupart de ses nuits de décembre à hanter la mansarde de leur maison, qui aurait dû, un jour, abriter la nursery. Aujourd'hui, Catherine avait bien la nursery mais pas les enfants qui allaient avec. Et Brian n'était plus là. Voilà pourquoi – Lizzie l'avait compris – Catherine s'impliquait autant émotionnelle-ment auprès de Danny. Elle reprenait à son compte le combat de Brian pour les sans-abri, les affamés, les gamins en difficulté et les familles désunies. Il se promenait toujours avec des liasses de billets dans sa poche, qu'il distribuait aux vagabonds.

« On n'a pas le droit de leur demander ce qu'ils comptent en faire, disait-il fréquemment. Il ne faut pas les juger. S'ils vont acheter des bouteilles avec l'argent qu'on leur donne, tant pis. C'est leur choix. Tout le monde mérite de garder sa dignité. »

C'est ce que Catherine tentait de faire avec Danny. Elle avait cherché à le persuader de téléphoner chez lui, mais devant son refus, l'avait aidé de son mieux – sans qu'il le sache, elle avait signalé son cas à l'officier de liaison du Family Orchard puis à la Protection de l'Enfance.

« Il n'a que seize ans, avait-elle expliqué l'année précédente à Lizzie. S'ils ne peuvent pas le forcer à regagner son domicile, ils sont capables de le convaincre de quitter la rue. »

Mais Danny « Harry » Byrne s'était montré toujours plus rusé que les assistantes sociales. Son enfance de campagnard l'avait doté d'un instinct de chasseur et de la ruse des trappeurs. Généralement, quand les refuges fermaient leurs portes, il était déjà parti. Lizzie savait qu'il avait dormi à plusieurs reprises dans le bureau de Catherine et, parfois, l'été, à Central Park. Le reste du temps, Dieu seul savait où il errait.

Catherine avait cessé de chercher à découvrir les secrets du jeune garçon. Elle avait renoncé à changer ou contrôler la situation. Finalement, elle avait adopté la méthode de Brian – donner sans poser de questions. Ce n'était pas tous les jours facile mais ce soir, en la voyant aider Bridget à étaler de la Devon Cream sur son scone, le cœur de Lizzie débordait de joie. Son amie paraissait plus vivante et ses yeux gris pétillaient d'enthousiasme. Finalement, cette visite dans l'Uptown n'était plus aussi insupportable.

Debout au milieu de la marée humaine du Rockefeller Center, l'œil rivé sur le gigantesque sapin, Bridget retenait son souffle. Des patineurs évoluaient gracieusement sur la glace bleutée située en contrebas – rien à voir avec la vieille mare bosselée sur laquelle elle et Danny s'entraînaient l'hiver à la maison. Un orchestre jouait des cantiques de Noël tandis que les flashes des appareils photo illuminaient la nuit. Tout autour, de majestueux immeubles semblaient toucher le ciel et des lumières clignotaient derrière leurs fenêtres éclairées.

« Tu as vu cette statue en or ? demanda Lucy en pointant du doigt l'homme dénudé en alliage doré qui surplombait la patinoire. C'est Prométhée. C'était le plus raisonnable des Titans – il a donné le feu aux humains.

— Wouah ! Tu en sais des choses », s'enflamma Bridget.

Elle observa avec respect la petite fille. Lucy avait quatre ans de moins qu'elle. C'était la différence d'âge qu'elle partageait avec Danny.

« J'ai étudié la mythologie en classe. Comment ça se fait que tu n'y ailles pas ?

— Où ça ?

— À l'école !

— Oh si, j'y vais ! Mais tous les ans, en décembre, papa vient vendre ses arbres à New York. C'est notre façon de vivre.

— Notre ? répéta Lucy en fronçant les sourcils.

— À mon frère et à moi !

— Harry ?

— Non, il s'appelle Danny », corrigea Bridget.

Le visage de Lucy vira à l'écarlate et une plaque rouge s'étendit de son cou à ses joues tandis qu'elle lorgnait sa mère et Catherine à la dérobée.

« Ce n'est pas grave, tout le monde peut se tromper, la rassura Bridget.

— Est-ce qu'il te manque ? »

Bridget acquiesça en se demandant à quel point Lucy et les autres étaient au courant de la situation. Elle braqua son regard sur l'immense épicéa bleu. Elle l'imaginait en Nouvelle-Écosse, sur la colline près de la ferme, solidement dressé face aux vents océaniques.

« Oui, énormément. Plus que tout au monde. Papa ressent la même chose. Il le cherche toutes les nuits.

— C'est vrai ? Tu es sûre ? »

Bridget opina du chef.

« Je regrette que mon père ne nous ait pas accompagnées. Parce que Danny est là, chuchota-t-elle.

— Tu veux dire dans la foule ? Ce soir ?

— Oui, je sens sa présence. Il... prend soin de l'arbre. Il le surveille jusqu'à ce qu'on l'illumine.

— Et alors ? Qu'est-ce qui va se passer après ? interrogea Lucy, fascinée.

— Le sapin va renaître... d'une autre façon. Quand on allumera ses lumières, sa chaleur va emplir tous les cœurs. C'est comme... – ça peut paraître bizarre – ce qu'on ressent le matin du 25 décembre. J'ai du mal à expliquer... L'arbre n'a pas été abattu pour rien. Il est là pour qu'on croie...

— À quoi doit-on croire ? » s'interposa brusquement Catherine.

Bridget releva la tête, apeurée. Elle ne s'était pas rendu compte que Catherine les écoutait. Elle se racla la gorge. Expliquer la théorie de Danny à Lucy n'était pas trop difficile : tous les enfants, même les citadins, comprenaient naturellement ce genre d'histoires.

« À l'esprit de Noël. À la paix et à la bonté », cria-t-elle.

Elle se sentait nerveuse d'affirmer cela à voix haute, d'autant que sa propre croyance était mise à rude épreuve depuis la disparition de Danny.

« On dirait de la magie ! s'exclama Lucy en dardant sur sa mère un regard entendu. C'est comme Harry Houdini !

118

— Chuttt, chérie », murmura Lizzie.

Au même instant, une voix forte s'échappa des haut-parleurs, annonçant le début imminent des festivités. La foule se rapprocha de la balustrade pour jouir au maximum du spectacle. Le cœur de Bridget tambourinait dans sa poitrine – dans une poignée de secondes maintenant, les lumières allaient s'allumer. Elle aurait tant souhaité savoir où était Danny et avoir son père à ses côtés. Sa mère, qui n'était jamais venue à New York, lui manquait également. Soudain, elle sentit qu'on lui prenait la main. C'était Catherine. Elle semblait avoir lu dans ses pensées. Il y avait en elle un je-ne-sais-quoi qui laissait imaginer qu'elle croyait en la magie. Elle l'avait invitée à l'illumination et une profonde tristesse émanait de ses vêtements noirs et de son regard mélancolique. Tandis que les spectateurs entonnaient bruyamment le compte à rebours, Bridget entrelaça ses doigts à ceux de la jeune femme.

« Quatre… Trois… Deux… Un ! »

Deux événements se produisirent en même temps : alors que l'immense sapin s'embrasait de tous ses feux, quelqu'un subtilisa le chapeau de Bridget.

« Mon béret ! » cria-t-elle en portant la main à ses cheveux.

Elle pivota sur elle-même, juste à temps pour apercevoir un jeune garçon qui slalomait au milieu des badauds. Bien qu'il portât une veste qu'elle ne connaissait pas et les cheveux longs, elle sut qu'il s'agissait de son frère.

« Danny ! » hurla-t-elle.

Mais il avait déjà disparu. S'accroupissant à côté d'elle, Lucy ramassa le chapeau et lui tendit. Bridget s'en saisit à contrecœur. Au fond, elle était presque déçue de le récupérer : l'idée que Danny ait pu vouloir s'en emparer lui faisait plaisir. Mais lorsqu'elle examina le couvre-chef, elle aperçut un morceau de papier blanc plié à l'intérieur. Comme Lucy n'avait rien remarqué, elle referma ses doigts dessus. Elle le lirait lorsqu'elle serait seule. Puis, se joignant aux autres, elle leva ses regards vers le sapin illuminé qui étincelait autant que la voûte céleste de Nouvelle-Écosse. Ainsi, elle ne s'était pas trompée : Danny était là depuis le début – elle avait senti sa présence – et surveillait l'arbre. Elle avait envie de courir retrouver son père pour lui annoncer la nouvelle. Reprenant son souffle, elle regarda autour d'elle avec l'espoir que personne n'avait assisté à la scène.

« Papa », chuchota-t-elle malgré elle.

Quand elle releva la tête, elle vit Catherine qui l'observait avec curiosité. Ses yeux pétillaient, comme si elle venait de voir les lumières du sapin se transformer en étoiles. Comme si elle était transfigurée par la magie de Noël.

« La bonté ! murmura Bridget en la fixant avec fascination.

— La bonté », répondit Catherine en écho.

VI

Catherine était allongée dans son lit, les couvertures remontées jusqu'au menton. On était samedi matin et la neige, poussée par les vents de l'Hudson, tambourinait contre les carreaux. Catherine ne cessait de repenser à la soirée au Rockefeller Center – au moment où l'arbre s'était illuminé et où Bridget avait murmuré « papa ». La fillette aurait tellement souhaité que son père soit là...

Elle se leva et grimpa jusqu'au grenier, ses pieds nus foulant le carrelage glacé. Comme tous les jours, elle se laissa tomber dans le fauteuil à bascule et s'emmitoufla dans un châle afghan, sans quitter la petite fenêtre des yeux. Des flocons blancs tourbillonnaient furieusement et elle espéra que Danny était quelque part en sécurité, bien au chaud. Le souvenir du jeune garçon la mit soudain mal à l'aise. En s'efforçant de l'aider, elle n'avait pas réalisé à quel point sa famille lui manquait. Au départ, elle avait cru que son père se montrait cruel envers lui, mais le jour où elle lui avait posé la question, Danny avait nié avec violence : « Non, ce n'est pas ça du tout. » La nuit dernière, elle l'avait vu agiter le bras au milieu de la foule comme l'Artful Dodger et remarqué le regard d'extase de Bridget qui serrait dans sa main le message qu'il lui avait transmis. Qu'avait-il écrit à sa sœur ? Catherine aurait donné cher pour le savoir.

« Dis-moi ce que je dois faire, Brian ! » dit-elle à voix haute.

Elle tendit l'oreille mais hormis le grattement des branches tapant contre les vitres et les cliquetis du chauffage central, tout était silencieux. Brian était un être sensible et intelligent – il avait toujours su guider les autres. Pourquoi ne l'aidait-il pas à comprendre ce qui était le mieux ? Était-elle censée réconcilier une famille désunie ou devait-elle se contenter de protéger un gamin des rues ? Elle ne parvenait pas à oublier le regard étincelant de Bridget et les deux mots qu'elle avait chuchotés : « La bonté. »

Elle se reporta trois ans en arrière, à la nuit où Brian l'avait quittée. Elle l'avait soigné de toutes ses forces pendant sa courte et terrible maladie et l'idée de le perdre la terrifiait.

« N'aie pas peur, lui avait-il dit ce soir-là. Nous ne serons jamais séparés.

— Comment peux-tu affirmer une chose pareille ? Comment le sais-tu ? »

Paralysée par l'angoisse, elle avait guetté sa réponse. Pâle et affaibli, Brian était allongé dans son lit, mais ses yeux brillants d'amour et de générosité semblaient défier la mort. Malgré son visage décharné, sa peau tendue sur ses pommettes, son sourire était si radieux qu'elle en était tout éblouie. Elle s'était assise à côté de lui.

« Je le sais, c'est tout.

— Parle-moi », avait-elle murmuré d'une voix tremblante en lui saisissant la main.

Elle ne parvenait pas à se montrer forte. C'est elle qui était censée prendre soin de lui et c'est lui qui la rassurait.

« Je ne peux pas te l'expliquer, ma chérie. J'en suis persuadé. Je ne te quitterai jamais.

— Mais comment te retrouverai-je? Comment saurai-je où tu es?

— Tu le sauras.

— Mais comment? » avait supplié Catherine, au bord de la panique, en le voyant battre des paupières.

Un lourd silence s'était abattu dans la pièce. Dehors, la neige tombait à gros flocons derrière les fenêtres. La respiration de Brian s'était ralentie. Et une larme était apparue aux coins de ses yeux. Leur bonheur avait été si bref. C'était tellement injuste. Ils étaient restés de longues minutes, sans parler, à se dévorer du regard comme s'ils avaient peur d'oublier leurs traits.

« Brian, parle-moi.

— Sois attentive au moment de Noël. Je viendrai te dire bonjour, tous les ans.

— Mais comment?

— Je crois en la bonté, Cat. Ce que nous partageons est tellement merveilleux que cela ne peut pas mourir... Je refuse de m'y résoudre. Ne perds pas ce don. Garde notre amour vivant par tous les moyens. Continue de donner. Autant que tu le pourras.

— Et tu reviendras auprès de moi ? Promets-moi. Tu me feras savoir que tu es là ? »

Son mari n'avait pas répondu avec des mots, mais il s'était redressé et une intense clarté s'était allumée dans son regard, comme s'il voulait se lever. Lâchant sa main, elle avait abaissé la barrière du lit. Quand elle avait relevé la tête, Brian était mort. Il n'était jamais revenu. C'était cela le plus dur à vivre. Ne plus voir son visage, ne plus entendre sa voix. Elle le cherchait dans le brouillard, espérant apercevoir son fantôme, écoutait les bruits du vent pour capter ses murmures. Mais il se contentait de hanter son cœur, voilà tout. Tous les jours, elle se réfugiait dans la mansarde qui aurait dû devenir la salle de jeux de leurs enfants. Elle priait pour qu'il revienne, allant même jusqu'à supplier Dieu pour l'entendre une ultime fois. Mais rien ne s'était produit.

La seule chose qui lui restait de Brian, c'étaient ses dernières paroles et cette envie de donner. Autant qu'elle le pouvait. C'est pour cela que Bridget et Danny revêtaient autant d'importance à ses yeux.

Dehors, la neige tombait maintenant en rafales et Catherine éprouva soudain le désir d'aller marcher dans les rues. Fermant les paupières un court instant, elle envoya un baiser à Brian, se débarrassa de son châle et courut au rez-de-chaussée s'habiller chaudement pour la circonstance.

« Papa ! s'exclama Bridget en arpentant le stand, affublée d'un gros anorak, de bottes et du béret vert que lui avait offert Lizzie. Personne n'achètera de sapin aujourd'hui avec ce blizzard !

— Au contraire, c'est le meilleur moment pour vendre des arbres, répliqua Christy, haletant sous les assauts du vent. C'est tellement agréable de le ramener à la maison et de le décorer tranquillement alors qu'il fait un froid glacial dehors.

— Mais, papa... Il y a au moins dix centimètres de neige sur les branches. Ça va être de pire en pire... Les New-Yorkais ne sortiront pas de chez eux. La colline doit être déserte, on l'aura pour nous tout seuls.

— Je sais, ma chérie. »

Christy la considéra avec attention. Depuis la veille au soir, elle le suppliait pour qu'ils aillent faire de la luge. Tout avait commencé lorsqu'il était rentré de son expédition nocturne. En quelques secondes, elle lui avait tout raconté de sa soirée merveilleuse avec ses nouvelles amies : le thé avec les scones, le sapin de Norvège, comment Catherine lui avait pris la main au moment de l'illumination...

« L'arbre est revenu à la vie, s'était-elle exclamée. Vraiment. Les lumières ressemblaient à des étoiles – des milliers de minuscules constellations. J'étais si heureuse qu'il soit à nouveau vivant. Cela m'a donné envie de... »

Elle s'était arrêtée subitement et s'était mordu les lèvres en détournant le regard. Devant son air furtif, Christy avait presque cru qu'elle lui cachait quelque chose. Pourtant, ce n'était pas le genre de Bridget.

« ... Ça m'a donné envie d'aller faire de la luge, avait-elle poursuivi. Tu sais, à l'endroit où tu nous as emmenés une fois? La première année où on t'a accompagné à New York! Je ne me rappelle plus exactement où mais c'était super... Tu veux bien, papa? Retournons là-bas sur cette colline! Demain!

— Bridget. (Il lui avait caressé les cheveux comme le faisait Mary, intrigué par cette soudaine excitation.) Dors maintenant! À demain! »

On était le matin et la neige tombait si fort sur le stand qu'on voyait à peine au-delà de la Neuvième Avenue. Bridget revint à la charge.

« Je te jure, ce sera merveilleux, insista-t-elle en virevoltant autour de lui. La pente sera recouverte d'une couche épaisse – la luge va s'envoler! »

Christy inspecta les alentours. Bridget avait raison au moins sur un point – les New-Yorkais étaient restés au chaud. Les rues étaient désertes et aucun véhicule ne circulait, hormis les chasse-neige et quelques taxis jaunes.

« Cela nous prendra trop de temps de retourner au même endroit. Peut-être pourrions-nous trouver quelque chose de plus près ? » dit-il tout en se demandant si Battery Park ferait l'affaire.

Bridget l'écoutait avec gravité, des flocons accrochés à ses longs cils. Christy l'observa tendrement. Cette semaine, il s'était tellement focalisé sur Danny qu'il l'avait quelque peu négligée.

« Bon, d'accord... Allons-y une heure ou deux, le temps que la tempête se calme ! concéda-t-il.

— Non, papa ! Pas dans un autre parc. Je veux aller là où tu nous as emmenés avec Danny la première année. Il le faut !

— Mais c'est à l'autre bout de Central Park. »

Au même instant, une forme indistincte émergea du rideau de neige. Christy plissa les yeux pour distinguer plus nettement la silhouette qui venait vers eux. Le manteau et les bottes noires de Catherine contrastaient avec la blancheur environnante. Lorsqu'elle s'approcha, Christy remarqua que le gris de ses yeux avait des reflets argentés. Son regard qui pétillait derrière ses lunettes semblait lui sourire. Son cœur fit un bond dans sa

131

poitrine. Jamais elle ne l'avait regardé aussi directement.

« Salut Catherine, s'écria Bridget.

— Bonjour Bridget, bonjour Christy.

— Vous avez l'air d'une apparition, dit-il en souriant. Vous êtes pratiquement la seule personne qu'on ait vue ce matin. Un ange vêtu de noir! Merci pour la merveilleuse soirée que vous avez offert à Bridget hier.

— Catherine, avez-vous mis vos bottes? s'enquit Bridget en se penchant pour vérifier. Génial! Voulez-vous venir faire de la luge avec nous? Nous allons à Central Park. »

Catherine eut une hésitation. Une lueur indéfinissable passa dans ses yeux. Christy comprit qu'elle se débattait en plein conflit. Elle était timide, triste, portait le deuil et était passée plusieurs fois par jour devant son stand sans même le saluer. Pourtant, la nuit dernière, elle avait fait vivre à sa fille des instants magiques et voilà qu'aujourd'hui, elle se retrouvait invitée à une excursion familiale... Sans vraiment comprendre pourquoi, Christy retint son souffle. Il mourait d'envie qu'elle accepte! Le regard de Catherine l'effleura légèrement puis se posa sur Bridget avant de

132

se tourner vers le ciel – c'était comme si elle cherchait une réponse, là-haut entre les flocons, au-delà des bourrasques de vent. Elle cligna des paupières et hocha la tête.

Catherine était aussi excitée qu'une gamine partant à l'aventure. Cela faisait trente ans qu'elle n'avait pas fait de luge. La dernière fois, c'était lorsqu'elle était enfant, avec son père à Central Park. Sans la circulation habituelle, la ville semblait endormie et la neige étouffait tous les sons. Même les immeubles paraissaient se confondre avec le ciel. Mais son impression d'ivresse, l'accélération de son pouls, tenaient à une autre raison : elle pressentait qu'il allait se passer quelque chose.

Ils firent un crochet par la pension de Mme Quinn pour aller récupérer dans la cave les deux vieilles luges Flexible Flyers ayant appartenu à ses enfants. Catherine, qui avait été élevée à Chelsea, avait bien connu les deux garçons : John avait été l'un de ses camarades de classe à Sainte-Lucy. La vue des initiales de Patrick, gravées dans le bois, lui serra la gorge, mais elle n'en parla pas.

Arrivés sur le quai du métro, ils prirent la

ligne E, descendirent à la station 51ᵉ Rue, puis empruntèrent la ligne 6 jusqu'à la 77ᵉ Rue. Traînant les luges derrière eux, ils traversèrent la Cinquième Avenue qui, à l'exception d'un bus solitaire roulant au pas et de deux hommes chaussés de skis de fond, était étrangement déserte. Quand le feu passa au rouge, Christy attrapa la main de Bridget et l'entraîna dans Central Park. Une fois passé la grille, il s'immobilisa, hésitant.

« Nous ne sommes venus qu'une seule fois, il y a quatre ans. Je ne me souviens plus de l'endroit exact.

— Il faut absolument retrouver la même colline », s'emporta Bridget, paniquée.

Le cœur de Catherine s'emballa. Elle venait de comprendre. *La même colline…* Celle dont Danny se souvenait également. Son excitation monta d'un cran. C'était donc cela que Danny avait écrit à sa sœur. Il lui avait donné rendez-vous, ici, avec son père, à Central Park.

« Il y avait une statue au sommet, précisa Christy. J'en suis sûr. Un type avec un drôle de chapeau.

— C'est le Pilgrim, lança Catherine. La Pilgrim Hill ! »

Elle les guida à travers les allées boisées, contourna la mare aux bateaux et leur indiqua au passage l'élégant bâtiment de l'autre côté de la Cinquième Avenue, qui avait abrité pendant dix ans Pale Male, le faucon à queue rouge et ses dix-sept petits. Christy éclata d'un rire tonitruant.

« J'ai du mal à imaginer comment cet oiseau a choisi de vivre à New York alors qu'il avait toute la campagne à sa disposition... ou qu'il pouvait voler jusqu'en Nouvelle-Écosse et y mener une vie de roi.

— Il est comme Danny, coupa Bridget. Il était fatigué de la nature. »

Le sourire de Christy se figea. Catherine le vit froncer les sourcils et rentrer la tête dans les épaules. Cependant, il paraissait plus sidéré qu'en colère. Il n'a plus d'espoir, songea-t-elle, le cœur chaviré.

Quand enfin ils atteignirent la Pilgrim Hill, ils comprirent aussitôt où était passée la moitié des New-Yorkais. Les pentes enneigées grouillaient d'une foule bigarrée. Christy hissa les deux luges jusqu'au sommet tandis que

Catherine et Bridget lui emboîtaient le pas en courant.

« Vous avez vu ces initiales gravées dans le bois, fit observer Bridget. JQ et PQ.

— Ce sont celles des frères Quinn, expliqua Catherine.

— Vous les connaissez ?

— Oui, j'étais à l'école avec eux. Ils... ont pris des chemins différents. »

Le ton de sa voix fit sursauter Christy. Il releva la tête et quand il croisa son regard, il comprit qu'elle ne souhaitait pas en dire plus devant Bridget. Il déposa la luge de Patrick sur le sol et s'apprêta à grimper dessus, derrière sa fille.

« Allez, monte ! dit-il en tenant la corde.

— Papa ! (Elle pouffa.) Laisse-moi y aller toute seule !

— Tu ne veux pas que je t'accompagne pour la première descente ?

— Je suis trop grande.

— Bien sûr ! Où avais-je la tête ? »

Il donna une grande poussée dans le dos de la fillette, puis recula près de la statue pour la regarder dévaler la piste. Catherine se tenait immobile, à côté de lui, sous les arbres dénudés.

« J'ai l'impression que c'est hier qu'elle et Danny jouaient ici dans la neige, soupira Christy. Ils ont tellement grandi. »

Il se tut soudain comme si ses propres paroles lui faisaient peur. Catherine lut dans ses pensées : il n'avait pas vu son fils depuis un an.

« Que vouliez-vous dire, tout à l'heure à propos des frères Quinn ? demanda-t-il en changeant de sujet. C'est quoi cette histoire de chemins séparés ?

— Eh bien, John vit toujours à Chelsea. Il est marié, père de trois enfants, et a repris la quincaillerie familiale. (Christy approuva d'un signe de tête pour indiquer qu'il était au courant.) Mais Patrick a rejoint les Harps, une bande de loubards irlandais qui cherchaient à ressembler aux Westies – les terreurs de Chelsea et de Hell's Kitchen. Il s'est mis à vendre de la drogue et est devenu usurier. Il a fait de la prison à Rikers avant de finir à Sing Sing.

— Madame Quinn ne parle jamais de lui. Jamais. Je ne savais même pas qu'elle avait un fils prénommé Patrick. Elle a honte de lui.

— Il lui a brisé le cœur. »

En entendant ces mots, Christy tressaillit d'une telle façon que Catherine perçut toute la douleur qu'il tentait de dissimuler. Son regard était meurtri comme si on l'avait frappé.

Bridget remonta vers eux, hors d'haleine.

« J'y retourne », cria-t-elle en lançant un coup d'œil circulaire autour d'elle comme si elle guettait quelqu'un.

Puis, elle grimpa de nouveau sur la luge et s'élança sur la pente.

« C'est une adorable petite fille, attaqua prudemment Catherine.

— C'est vrai. Mais son frère lui manque cruellement. »

Elle lui manque aussi, faillit s'exclamer Catherine. Au lieu de cela, elle répondit :

« Est-ce pénible pour vous d'être à New York ?

— Vous voulez dire en général ? s'enquit-il en la dévisageant de ses grands yeux bleus. Ou depuis la disparition de Danny ?

— Les deux.

— Avant, je détestais venir ici. Quand ma femme Mary était encore en vie, je redoutais les mois de décembre, quitter ma famille, la Nouvelle-Écosse. Tous ces gratte-ciel, ces taxis et ces klaxons, ces gens pressés de gagner de l'argent. Même vendre mes arbres m'agaçait.

— Vous avez changé d'avis ? »

Il haussa les épaules.

« J'aime Chelsea. Du moins pour y rester un mois. Je pense qu'au-delà, cela me fatiguerait vite.

— Vous paraissez déjà... (Elle hésita, incapable de détacher son regard des cernes noirs qui soulignaient ses yeux.) très las.

— C'est à cause de Danny. Mon Dieu, je vais devenir fou si je ne le retrouve pas. Je pars à sa recherche tous les soirs. Je fouille les ponts, les parcs, la moindre allée. La police ne sait pas où il est, la Protection de l'Enfance non plus. (Sa voix se lézarda et il cligna des paupières pour chasser les flocons de neige.) Au moins, Mme Quinn sait que son fils est en prison. Je n'ai reçu qu'une seule carte de Danny. J'ignore même s'il est encore en vie.

— Bien sûr que si, il l'est ! » laissa échapper vivement Catherine.

Christy la foudroya d'un regard perçant, s'avança sur elle et lui saisit le bras.

« Comment le savez-vous ? »

Elle ouvrit la bouche pour parler et la referma, privée de réaction. Elle voulait tout lui confesser – qu'elle avait vu Danny la veille au soir mais les mots ne sortaient pas. Il lui était impossible de trahir le jeune garçon, et dans le même temps, comment supporter l'expression désemparée de son père ? Ils étaient face à face ; elle sentait son souffle chaud sur sa peau et elle ne parvenait pas à détourner ses yeux des siens.

À cet instant, Bridget hissa de nouveau la luge au sommet de la colline. Cette fois, elle avait l'air franchement ailleurs. Tournant la tête de gauche à droite, elle cherchait autour d'elle avec frénésie.

« Que se passe-t-il, Bridget ? s'inquiéta Christy en lâchant Catherine.

— Juste... je ne sais pas, dit-elle, je pensais, je pensais...

— As-tu froid ? Préfères-tu rentrer à la maison ? »

Elle eut une moue de dénégation.

« Non, je veux refaire une descente », rétorqua-t-elle en joignant aussitôt le geste à la parole.

Catherine s'humecta les lèvres. Son cœur battait un peu moins vite, mais elle était encore très nerveuse. Elle savait que lorsque Christy lui poserait de nouveau la question, elle lui avouerait la vérité. Curieusement, il ne l'interrogea pas. Il lui toucha le bras, mais cette fois gentiment.

« Je sais que Danny est vivant, confia-t-il spontanément. Pour moi, c'est une évidence. Je le sens dans mes os, dans mon sang. S'il était mort, je le saurais.

— Vous avez raison, murmura Catherine, les yeux clos, en se balançant doucement dans le vent comme si elle était un arbrisseau. Quand les êtres qu'on aime ne sont plus là, on le sent. »

De loin, lui parvint la voix de Christy qui ajoutait : « Votre mari ? » Elle opina et sentit la caresse de ses doigts sur sa joue.

« Je sais ce que c'est que de perdre un conjoint, avança Christy. Il emporte une partie de votre cœur. On pense qu'on ne pourra plus jamais respirer. Cela semble impossible de continuer à vivre.

— Je suis désolée que vous ayez vécu cette épreuve. (Elle ouvrit les paupières et, découvrant son regard bleu fixé sur elle, rougit violemment.)... et également pour Danny... »

Au moment où elle prononça ces mots, une rafale de vent secoua les arbres sur la colline. Des myriades de flocons s'envolèrent des branches et des milliers de minuscules cristaux de glace tintèrent comme des clochettes d'argent.

« Que diriez-vous d'une bonne descente? proposa Christy. Vous avez entendu ces cloches?

— C'étaient des stalactites, riposta Catherine. J'ai quelque chose à vous dire.

— Vous, les New-Yorkais, vous manquez d'imagination, pouffa Christy. Cela me donne au moins une bonne raison de cultiver des arbres de Noël, ça vous permet d'entendre la magie des carillons, sur les pentes enneigées. Allez, venez. »

Christy déposa la deuxième luge sur le sol, glissa son bras autour des épaules de Catherine et l'aida à s'asseoir sur la planche de bois. Elle sentit qu'il s'installait derrière elle, ses jambes autour de ses hanches, et calait ses pieds sur la barre transversale. Lorsqu'il appuya sa poitrine contre son dos, un frisson lui parcourut la colonne vertébrale.

« Êtes-vous prête ? demanda-t-il, sa bouche collée à son oreille.

— Oui, fit-elle en s'étonnant elle-même.

— On y va ! »

À l'aide de sa main, il fit progresser la luge de quelques centimètres dans la neige épaisse jusqu'à atteindre une petite butte puis l'engin prit de la vitesse et décolla légèrement du sol. Les patins en métal crissèrent, projetant des milliers de flocons sur les lunettes et les joues de Catherine. Lorsque le vent froid envahit ses poumons, elle poussa un cri de joie. Les bras de Christy se refermèrent sur elle.

Bridget remontait la colline après sa troisième descente quand elle vit son père passer en trombe sur la luge avec Catherine. La vue de son sourire rayonnant – si rare depuis un an – lui procura un bref instant de joie. Mais rapidement, le désespoir s'empara d'elle de nouveau. Elle avait suivi à la perfection les instructions de Danny, réussi à entraîner Christy à Central Park à l'endroit indiqué, mais son frère ne s'était toujours pas montré. Le souffle court, elle s'adossa contre la statue. L'impatience le disputait à la colère. Elle plissa les yeux pour se protéger des flocons qui lui fouettaient le visage. Lorsqu'elle distingua les familles réunies sur les pistes, un sanglot lui monta à la gorge.

« Attention, tes cils vont geler », lança soudain une voix dans son dos.

Elle fit volte-face – c'était Danny, en partie dissimulé derrière le socle du Pilgrim.

« Ah ! Tu es là, cria-t-elle en se ruant dans ses bras, le visage ruisselant de larmes.

— Arrête, arrête ! »

En dépit de ces paroles, il ne la repoussa pas, mais la tint serrée un long moment contre lui. Elle resta agrippée à lui une bonne minute – les yeux clos, la joue pressée contre sa veste, humant avec délices son odeur familière.

« Je suis si heureuse de te voir, sanglota-t-elle.

— Moi aussi, Bridey.

144

— Papa est ici, sur la colline, commença-t-elle quand il se dégagea.

— Je sais. Je l'ai vu avec Catherine. C'est pour ça que je dois me dépêcher...

— Il faut que tu lui parles, se récria-t-elle. (Aveuglée par la panique, elle en oublia de se demander comment il connaissait le prénom de Catherine.) Il part à ta recherche toutes les nuits, une fois qu'il a fini son travail. Ça le fait vieillir. À cause de toi, il a plein de rides et de cheveux blancs.

— Il les avait avant, riposta Danny d'une voix peu convaincue.

— Pas à ce point-là... Il souffre, Danny. Tu le fais pleurer.

— Papa ne pleure jamais ! »

Bridget serra les lèvres. Si elle se mettait à lui expliquer à quoi avait ressemblé l'année qui venait de s'écouler, elle risquait de ne pas pouvoir se contrôler... Et Danny s'enfuirait de nouveau. Alors, elle s'obligea à garder son calme et attendit la suite.

« Écoute, Bridey, reprit-il. Je travaille à une mission. Enfin, c'est comme ça que je vois les choses. Je veux la mener à bien. Si papa m'aperçoit, il va chercher à me retenir, à me

145

ramener en Nouvelle-Écosse. (Il fit une pause.) Au fait, comment ça va à la ferme ?

— Comme d'habitude ! Mais c'est quoi, ta *mission ?* »

Elle aimait la sonorité du mot. Cela lui faisait penser aux missionnaires qui apportaient de la nourriture ou des manuels scolaires aux populations défavorisées. Peut-être que Danny, comme les prêcheurs évangélistes, s'efforçait de sauver New York de ses péchés. Elle pouffa intérieurement en se rappelant comment son frère piquait des cigarettes et des bières, sautait la messe en récitant sa prière préférée : « Seigneur Tout-Puissant, laissez-moi quitter cette putain d'île. » Bridget savait qu'il plaisantait : l'amour de la Nouvelle-Écosse coulait dans ses veines, comme dans les siennes.

« Je ne peux pas te le dire, soupira-t-il. Pas encore. Pas avant que j'en aie fini.

— Mais en attendant... et papa ? Pourquoi m'as-tu demandé de venir ici faire de la luge avec lui, si tu n'as pas l'intention de lui parler ? »

Les yeux de Danny s'attardèrent sur le bas de la colline. Bridget suivit son regard.

Catherine et leur père venaient d'achever leur descente. À travers le voile de neige, leurs silhouettes ressemblaient à deux ombres floues, mais on discernait nettement la haute stature de Christy et le manteau noir de Catherine.

Bridget observa son frère à la dérobée. Il avait beaucoup maigri en un an et son visage anguleux était maintenant encadré de longs cheveux châtains qui bouclaient sur son col de chemise. Elle eut envie de se moquer de son menton broussailleux, mais se retint en voyant des larmes perler à ses paupières. Elle comprit pourquoi il l'avait poussée à venir, accompagnée de leur père. C'était le seul moyen de le revoir. Il lui manquait.

« Ce sont tes cils qui vont geler maintenant », chuchota-t-elle.

Il haussa les épaules, déposa un baiser sur le sommet de son crâne et abaissa son béret vert sur ses yeux. Quand Bridget le remit en place, Danny avait disparu.

VII

« Je dois lui dire, martela Catherine. Je sais que je dois le faire.

— Pour l'instant, calme-toi. Il faut y réfléchir. »

On était dimanche en début de soirée et les deux amies étaient assises sur le tapis devant la cheminée, dans la maison de Cushman Row, le *Sunday Times* éparpillé autour d'elles. La neige tombée la veille tenait au sol et les prairies du séminaire, de l'autre côté de la rue, paraissaient nappées d'un linceul blanc. À l'étage, dans la salle de musique, Lucy et Bridget essayaient de jouer du piano.

« J'adore les entendre là-haut, confia Catherine. Cette demeure est beaucoup trop grande pour une seule personne. Elle a besoin d'accueillir des enfants.

— Tu voulais que Danny s'installe ici.

— Oui, et je regrette qu'il ait refusé. Surtout en ce moment. Cela me serait plus facile de parler à son père. Si seulement je pouvais lui apprendre que son fils est à l'abri, quelque part... en sécurité.

— Es-tu sérieuse ? Tu veux vraiment lui dire la vérité ?

— J'y suis obligée, Lizzie. Aider Danny me paraissait évident, au départ. Je ne connais-sais pas vraiment sa famille. Elle me semblait – comment dire ? – abstraite ! »

Lizzie approuva d'un hochement de tête.

« Mais depuis, j'ai passé du temps avec Christy. Il souffre tellement. Comment réagi-rais-tu si tu ignorais où se trouvait Lucy ? » interrogea Catherine en plongeant son regard dans celui de son amie.

Elle savait que cette question emporterait son adhésion.

« Bien sûr, je comprends, répondit Lizzie en tremblant à cette simple pensée. Mais comment va le prendre Danny ? C'est de lui dont je m'inquiète. Si tu le trahis, il risque de

150

disparaître. Pour l'instant, nous pouvons le surveiller de loin, il vient à la soupe populaire, on lui fournit des vêtements, il accepte que tu lui glisses un ou deux billets...

— ... Et il consulte des bouquins dans ma bibliothèque », renchérit doucement Catherine.

Lizzie avait marqué un point. Catherine poussa un soupir, presque effrayée par la complexité de la situation. Que pouvait-on penser d'un jeune fugueur dont la requête principale consistait à réclamer des livres ?

« As-tu une idée de ce qu'il fait là-bas ? s'enquit Lizzie. Il prépare son entrée à l'université ? Il écrit une thèse sur les sans-abri ?

— Je ... »

Catherine laissa sa phrase en suspens. Effectivement, elle avait son opinion sur la question. Quatre nuits plus tôt, après un passage dans les archives, Danny avait laissé par inadvertance deux ouvrages ouverts sur un rayonnage. Peut-être était-il très fatigué ou excité par l'arrivée en ville de sa famille ? Habituellement, il ne commettait pas ce genre d'erreur. Catherine aurait aimé raconter cette anecdote à son amie, mais c'était le secret de Danny...

« Je ne sais pas », acheva-t-elle.

Lizzie s'allongea de tout son long sur le tapis, une lueur sceptique dans le regard.

« Mmmm... fit-elle en arquant un sourcil. Alors, que vas-tu faire ? Révéler la vérité à Christy ?

— J'essaie de prendre une décision.

— Au fait, c'était comment cette descente en luge avec le vendeur de sapins ? »

Catherine se plongea dans la contemplation du feu de cheminée. Elle se rappelait la sensation des bras de Christy autour d'elle tandis qu'ils dévalaient la pente à toute allure. Son étreinte était puissante et tendre à la fois, comme s'il avait voulu la protéger.

« Je me suis bien amusée », articula-t-elle calmement.

Un flot de sentiments contradictoires se bousculait en elle. Elle avait vécu un moment inoubliable. Le contact des muscles de Christy contre son corps, sa présence chaleureuse et tout simplement humaine l'avaient réconfortée. Elle avait ri. Comment était-ce possible ? C'était l'anniversaire de la mort de Brian.

« Vas-tu lui parler ? insista Lizzie.

— À qui ? À Brian ? »

Lizzie la fixa avec une expression curieuse, à la fois tranquille et impatiente.

« Christy. »

Catherine soupira. Elle pouvait au moins prévenir Christy que Danny était vivant. Cela ne l'obligeait pas à révéler les allées et venues du jeune garçon.

« Je ne cesse de me demander ce que Brian ferait à ma place. Nous sommes à l'époque de Noël – il est toujours plus près de moi en cette période. Je voudrais qu'il me dise...

— Catherine, coupa Lizzie en prenant ses mains dans les siennes et en les secouant gentiment. (Ses yeux la suppliaient.) Nous avons tous aimé Brian, sincèrement. Mais il est parti, chérie. Il ne reviendra pas te dire ce que tu dois faire...

— Tais-toi ! Ne parle pas comme ça ! Tu ignores ce qu'il m'a promis. Il a juré de...

— Cela fait trois ans. Je t'aime tellement... et chaque année en décembre, tu te renfermes. C'est la première fois depuis la disparition de Brian que tu reviens à la vie, que tu t'amuses un peu. L'étincelle qui brillait dans tes yeux est réapparue furtivement. Je veux qu'elle grandisse, Cat.

— Mais le fantôme de Brian...

— Catherine, ce n'est pas Brian qui hante cette maison, c'est toi ! »

Catherine se mordit la lèvre comme si Lizzie venait de la gifler. Elle tremblait de tous ses membres et ne pouvait plus la regarder en face. À l'étage, les deux fillettes riaient en jouant *Jingle Bells* au piano.

« Tu te débats avec cette histoire, coupa Lizzie en se redressant. Pourquoi n'emmènerais-je pas Bridget et Lucy dîner au restaurant pendant que tu réfléchis ? On ne m'attend pas à Sainte-Lucy avant deux bonnes heures.

— C'est une bonne idée », admit promptement Catherine.

Elle était en partie choquée de constater qu'elle mourait d'envie que Lizzie s'en aille.

Lizzie sauta sur ses pieds et se dirigea vers le bas de l'escalier d'où elle appela les filles. Ces dernières dévalèrent les marches en courant et bondirent d'excitation devant le programme proposé. Elles se ruèrent sur le placard pour attraper leurs manteaux.

« Tu ne viens pas avec nous ? demanda Bridget en levant des yeux écarquillés sur Catherine.

— Non. (Elle s'efforça de sourire.) J'ai une chose importante à faire.

— Est-ce que cela a un rapport avec... »

Bridget s'interrompit, laissant flotter entre elles le prénom de son frère. Catherine tenta de déchiffrer son regard. Il brillait d'un espoir désespéré, d'un mélange d'amour et d'angoisse.

« Je les aime tant, murmura la fillette. Mon père et Danny. Pourquoi n'arrivent-ils pas à se parler ? Je ne comprends pas pourquoi les choses se passent ainsi.

— Oui, pourquoi ? s'étonna Lucy. Je parle bien à ma mère, moi !

— C'est différent à la ferme. Mon papa se lève très tôt. Il est dehors avant le lever du soleil et quand il rentre, il doit s'occuper du dîner. On discute de tas de trucs : de l'école, des sapins. Danny nous montrait ses graphiques, nous expliquait où se trouvait la prochaine tempête – tu sais, au large de l'Arctique ou se chargeant d'humidité dans l'Atlantique Nord. J'aimais bien ça, car cela avertissait papa de ce qui allait se passer.

— Effectivement, ça paraît important, approuva Catherine.

— Ça l'était, insista Bridget gravement.

— Mais je ne comprends toujours pas, s'entêta Lucy. Pourquoi est-ce que ton frère n'a pas pu dire à ton père qu'il voulait rester à New York ? »

Bridget secoua la tête.

« Danny affirme toujours qu'on doit régler ses problèmes tout seul, sans embêter papa. J'aurais juste aimé qu'il lui parle d'autre chose que de météo. Je souhaiterais tellement que ma famille soit réunie.

— Continue de les aimer comme tu le fais », suggéra Catherine.

Ces mots ne paraissaient pas appropriés, mais elle n'en avait pas d'autres. Elle aurait voulu prendre la petite fille contre elle, l'assurer que tout s'arrangerait, que tout le monde se retrouverait comme avant. Mais elle savait qu'une fois que les gens avaient été séparés – quelle qu'en soit la raison – parfois, l'intimité qu'ils avaient connue ne revenait jamais.

Elle se laissa embrasser tendrement par Lizzie, sans plus penser aux paroles que cette dernière lui avait assénées. Lorsque son amie entraîna les deux fillettes à sa suite, elle referma la porte et alla s'asseoir dans l'escalier. Frissonnante, elle replia les bras autour d'elle. La maison était glaciale, aussi vide qu'une tombe. Lizzie avait raison. Il n'y avait aucune vie ici. Trois années s'étaient écoulées et elle attendait toujours. Christy vendait ses sapins à quelques pâtés de maisons de là – tout ce qu'elle avait à faire, c'était mettre son manteau et aller le trouver. Elle lui devait la vérité.

Mais elle ne pouvait s'y résoudre. Peut-être avait-elle commis une erreur en s'impliquant autant auprès de Danny? Son cœur était lourd. Et comme à chaque fois qu'il saignait, quelque chose en elle d'infiniment puissant la propulsa en haut des quatre volées de marches menant au grenier. Elle savait qu'il ferait froid là-haut et qu'elle y serait seule. Mais elle n'était pas encore prête à déserter cette pièce. Pas encore. Jamais peut-être.

Au cours des jours qui suivirent, la vente des sapins augmenta considérablement. C'était toujours le cas au fur et à mesure qu'on progressait dans le mois de décembre. La neige tombait à gros flocons et les déneigeuses parcouraient les rues, tels des dragons crachant le feu avec leurs étincelles rougeoyantes qui dégageaient les trottoirs glissants. Leurs passages répétés donnaient aux gens un avant-goût de Noël et les clients se pressaient sur le stand de Christy. Ils indiquaient du doigt l'arbre qu'ils souhaitaient regarder de plus près ; Christy coupait la corde qui le retenait, secouait ses branches pour lui redonner son ampleur et sa forme initiale. Un jour, alors qu'il délivrait ainsi un petit épicéa blanc, une petite nyctale s'en était échappée, ailes déployées, au cœur de la nuit. Ce petit prédateur, aussi gros qu'un poing, avait été fait prisonnier dans le feuillage et avait voyagé sans le vouloir, depuis la Nouvelle-Écosse. Christy l'avait suivi du regard pendant qu'il s'envolait au-dessus des toits et l'absence de Danny s'était faite encore plus cruelle.

Les acheteurs réglaient la somme demandée puis ramenaient le sapin chez eux. À chaque transaction, Christy se surprenait à scruter la rue – en espérant y apercevoir son fils. Du moins c'est ce qu'il se disait.

C'était vrai, mais il guettait aussi l'arrivée de Catherine. Il ne l'avait pas vue depuis plusieurs jours et ils ne s'étaient pas parlé depuis leur expédition sur les pentes de Central Park. Le lendemain, elle était passée devant le stand et l'avait salué d'un geste de la main, en lui adressant un sourire chaleureux qui l'avait secoué de la tête aux pieds. Pourquoi ressentait-il cela à chaque fois qu'il était en sa présence? C'était comme un choc électrique qui lui transperçait la peau. Il se rappelait comment son corps avait épousé le sien tandis qu'il la serrait dans ses bras, comment elle s'était appuyée contre son torse, lovée contre lui, ses mèches de cheveux lui chatouillant le visage. Les sensations qu'il avait ressenties étaient si étonnantes... Et il suffisait qu'elle lui sourie pour qu'elles le submergent de nouveau.

Puis, brusquement, il ne l'avait plus croisée. Était-elle malade? Avait-elle changé d'itinéraire?

Toutes les nuits, Christy partait errer dans New York. Par une étrange coïncidence, sa promenade débutait toujours par les prairies du séminaire – la 20e Rue Ouest dans laquelle il avait vu Catherine s'engouffrer deux semaines plus tôt. Il était toujours tard lorsqu'il entamait ses recherches, car il devait fermer le stand et coucher Bridget. Le simple fait de commencer par le pâté de maisons où habitait Catherine lui donnait un point de repère, le sécurisait en quelque sorte. Il respirait à grandes goulées l'air frais de la nuit, le laissant dissiper les tensions de la journée. Il devinait la présence de la jeune femme, aussi sûrement que si elle était apparue sur son perron. Cela le réconfortait de la savoir là, tout près.

Toutes les demeures du quartier paraissaient très confortables. De la fumée s'échappait des cheminées. Christy avait beau être un homme de la campagne, en arpentant ces artères, il parvenait presque à comprendre l'attirance que pouvait exercer la ville. Il imaginait des familles rassemblées dans ces salons éclairés, des enfants jouant sur les terrains communaux.

Ce soir-là, alors qu'il débouchait dans la 20e Rue Ouest, Christy sentit une vague de fatigue monter en lui. Une longue nuit l'attendait. Plus il cherchait Danny sans succès, plus le découragement l'envahissait. Les jours passaient et son fils restait introuvable.

Quand il parvint au centre de l'avenue, une violente rafale de vent venue de l'Hudson l'obligea à s'arrêter. Il s'inclina en avant, le visage tendu dans la bourrasque en essayant de se redresser. Les branches des arbres cliquetaient furieusement les unes contre les autres ; une tuile s'envola d'un toit et s'écrasa à ses pieds. Soudain, la tempête s'apaisa et la température chuta brutalement de plusieurs degrés. Il faisait presque zéro. Christy contempla la maison de brique de Catherine, sur le trottoir d'en face. À l'exception de la lumière qui brillait derrière la vitre d'une mansarde, elle était totalement plongée dans le noir. La silhouette floue de la jeune femme s'encadrait derrière les carreaux. Seul son visage était reconnaissable. Elle avait dû être alertée par le brusque coup de vent et s'était approchée de la fenêtre. Christy leva la main pour lui faire signe, mais suspendit immédiatement son geste. Le regard de Catherine fixait le vide, au-delà de la rue. Elle semblait irrésistiblement attirée par quelque chose d'invisible, comme si elle était portée par un désir puissant mais inassouvi. Lui-même éprouvait ce sentiment – mais il était incapable de le formuler. Et tandis qu'il observait Catherine, une force encore plus intense que celle de la bourrasque ébranla tout son corps. Il resta immobile, l'œil rivé sur le grenier, incapable de bouger. Au bout de quelques minutes, il s'ébroua et revint à lui. La nuit commençait à peine et il avait une ville entière à parcourir. Devant lui, la vieille voie ferrée abandonnée se détachait à la lueur des réverbères. On dirait des ossements de fer, songea-t-il, envahi d'une humeur macabre. Il se força à continuer sa route.

Derrière son bureau, dans la bibliothèque, Catherine ne parvenait pas à travailler. Elle mourait d'envie de voir Danny afin de le convaincre de prendre la bonne décision : parler à son père. Depuis plusieurs jours, elle avait évité Christy et pris un autre chemin pour rentrer chez elle. Pour l'heure, elle était face à M. Rheinbeck qui prenait connais-

162

sance des dernières trouvailles du programme « Look-Up ».

« Elles sont charmantes, fit remarquer Sylvester Sr. en tapotant d'un doigt une photographie en noir et blanc représentant deux cloches sculptées dans la pierre. Où les avez-vous trouvées ?

— Hmmm, bredouilla Catherine en rougissant.

— J'aime les cloches, continua le vieux monsieur. Ce sont de magnifiques symboles. Elles appellent les gens à la dévotion, à la fête... Ce sont de puissants moteurs spirituels. Quand des brutes attaquaient les édifices religieux, c'était toujours ce qu'ils détruisaient en premier. Parce que ce sont elles qui annoncent les bonnes nouvelles, vous comprenez ? Ce cliché est splendide. Parfait pour notre projet. Dans quelle partie de la ville sont-elles situées ? »

Catherine fit semblant de consulter ses notes tout en réfléchissant à vive allure. C'était Danny qui les avait repérées. Elle n'avait trouvé que ce moyen pour lui donner de l'argent – le charger de traquer toutes les gargouilles, les anges et les sculptures sur pierre. Grâce à l'appareil photo qu'elle lui avait fourni, il lui avait rapporté cette image quelques semaines plus tôt.

« Je ne me souviens plus, monsieur Rheinbeck. Je ferais mieux de chercher dans mes dossiers.

— Dans une église, peut-être ? suggéra-t-il en attrapant la loupe de Catherine afin d'examiner la photographie de plus près. Elles sont très curieuses. C'est probablement un objet liturgique. Vous avez remarqué ce bandeau, à la base, à gauche ? Il y a des mots écrits dessus, on dirait du latin. »

Au même instant, le fils de M. Rheinbeck – Sylvester Junior – franchit la porte de la bibliothèque. Il avait le regard et la démarche d'un fauve – mielleux, sobre à l'extrême, toujours prêt pour la mise à mort. Tout le monde savait dans la société qu'il détestait les projets de son père. Il ne considérait la terre que comme un vaste chantier de construction et le ciel comme un espace à remplir. Selon lui, l'argent gagné devait être économisé et investi – sûrement pas dépensé dans des programmes ridicules ayant pour but de transformer les citoyens en rêveurs.

« Bonjour, madame Tierney, bonjour Père, dit-il.

— Admire ces cloches, mon garçon », s'exclama le vieux Rheinbeck en lui tendant la loupe.

Sylvester Junior la claqua d'un geste brusque sur la table, sans quitter Catherine des yeux.

« La semaine dernière, commença-t-il, en rentrant chez moi après *Casse-Noisette*, je suis passé devant la tour. Les lumières de la bibliothèque étaient allumées.

— Comment était le ballet ? s'interposa M. Rheinbeck. Je me souviens comme si c'était hier du jour où ta maman t'y a emmené pour la première fois. Elle était complètement excitée. »

Malgré sa nervosité, Catherine ne put s'empêcher de remarquer le tic qui agita brusquement le visage de Sylvester Jr. Elle se demanda d'où venait cette réaction. N'était-elle liée qu'à l'évocation du souvenir de sa mère ? Elle avait entendu dire que le monde des affaires avait privé le jeune Rheinbeck de son père au cours de son enfance.

« Petronia Boulanger dansait le rôle de la fée Dragée, expliqua Sylvester Jr. Elle et son mari avaient fait une offre pour l'appartement du dernier étage de notre tour de Sutton Place. Elle m'a offert les billets. Qu'étais-je censé faire? Décliner l'invitation? Cela n'aurait pas été de bonne politique. En outre, c'étaient de bonnes places. À l'orchestre. Bon, alors je disais...

— Sylvester, tu as le droit de penser à t'amuser de temps à autre. Il faut oublier parfois les relations publiques. La danse classique est là pour donner de la joie, de l'émerveillement. N'ai-je pas raison, Catherine?

— Absolument, j'étais justement en train de me rappeler la fois où mon père m'a accompagnée voir *Casse-Noisette*, déclara-t-elle, soulagée de ne plus être au centre de la conversation.

— Père, je ne pense pas qu'il soit utile d'entraîner Catherine dans une discussion sur les mérites du ballet. Bon... à propos de ces lumières... »

Il fixa Catherine d'un regard sévère.

« J'ai probablement travaillé tard, ce soir-là », risqua-t-elle, le cœur battant.

Tout en cherchant à se couvrir, elle constatait à regret que la communication passait mal entre les Rheinbeck père et fils.

Sylvester Jr. secoua la tête, l'air faussement navré.

« Non. J'ai demandé à mon chauffeur de s'arrêter et j'ai vérifié le registre des agents de sécurité. Vous l'aviez déjà signé.

— Je suis désolée », s'excusa-t-elle, le feu aux joues.

Depuis plusieurs années, les consignes internes à la société avaient été drastiquement renforcées. Elle avait l'impression de marcher au bord d'un précipice.

« J'ai sûrement oublié d'éteindre en partant, rectifia-t-elle.

— Il n'y avait personne d'autre là-haut ? »

Sylvester Jr. la fusilla d'un regard peu amène.

« Qui pourrait donc consulter des livres, ici, la nuit ? riposta Catherine, histoire de retourner la situation à son avantage.

— Admire cette magnifique photo, s'écria le vieux Rheinbeck en fourrant d'autorité le cliché dans la main de son fils. C'est le parfait exemple de ce que nous essayons de faire pour cette ville, n'est-ce pas ? Annoncer à tous que la vie est courte et qu'on la gâche en s'agitant inutilement. Essayez de vous souvenir où se trouvent ces cloches, Catherine. Je veux les voir de mes propres yeux. »

Sur ces paroles, il entraîna Sylvester Jr. hors de la pièce, laissant Catherine ahurie et pantelante. Elle avait l'étrange impression que le vieux monsieur l'avait sauvée délibérément.

Était-il au courant de quelque chose? Le souvenir de la dissertation qu'elle avait trouvée, froissée, la semaine précédente près des ouvrages de météorologie abandonnés par Danny, lui revint en mémoire. Elle ne les avait pas rangés immédiatement et alors qu'elle s'apprêtait à le faire, M. Rheinbeck était entré et s'était approché d'eux. De son long doigt tremblotant, il les avait tapotés en disant : « Il faut être un garçon très intelligent pour comprendre les secrets du ciel! »

Catherine frissonna. Comment trouver un sens à toute cette histoire? Elle pria pour que Danny apparaisse bientôt – elle ne pouvait plus supporter l'idée que Christy passe une autre journée sans avoir de ses nouvelles.

VIII

Danny était planté au coin de la 23ᵉ Rue et de la Neuvième Avenue et faisait semblant d'attendre l'autobus. Il portait un chapeau melon que Lizzie lui avait donné. « Au mystérieux Danny "Harry Houdini" Byrne », lui avait-elle dit avant d'ajouter qu'avec ce couvre-chef, il lui faisait penser à un tableau de Magritte – celui d'un homme immobile devant des nuages, un chapeau sur la tête, le visage entièrement dissimulé derrière une grosse pomme verte.

Danny faisait la même chose : il se cachait et, secrètement, observait son père. Son déguisement lui donnait du courage.

Christy travaillait dur. En dépit du froid, des

flocons de neige qui tombaient sans discontinuer et des cinquante-huit pour cent d'humidité présents dans l'air, sa peau était couverte de sueur. Danny apercevait des gouttelettes de transpiration sur ses joues et son front. Il faisait admirer ses sapins aux clients, coupait les branches les plus basses, enveloppait les arbres puis les hissait sur des remorques ou des toits de voitures. Danny savait qu'il aurait dû être là, à l'aider. C'était ce que son père attendait de lui. Il voulait bien lui rendre service... mais plus de cette façon-là.

En grandissant sur une exploitation forestière de Nouvelle-Écosse, son avenir était tout tracé : il reprendrait l'affaire paternelle et vivrait sur l'île où il était né. L'existence à Cape Breton était rude et dictée par les aléas de la nature. Les sylviculteurs apprenaient à garder un œil sur le ciel, à se préparer aux tempêtes, aux coups de vent nord-est, aux ouragans, au blizzard et aux fortes précipitations.

Un seul été de sécheresse pouvait ruiner une décennie de labeur. Danny allait à l'école, mais la plantation passait avant tout. Deux ans plus tôt, au mois de juin, un incendie s'était déclaré brutalement au centre d'un grand pin et la parcelle avait brûlé entièrement. En apercevant la fumée de l'arrêt du bus scolaire, Danny avait fait demi-tour pour donner un coup de main à son père et aux pompiers volontaires. Il leur avait fallu la journée entière pour venir à bout des flammes et Danny avait raté ses deux derniers partiels du trimestre.

Une fois le feu circonscrit, Christy s'était senti soulagé, mais Danny s'était montré moins optimiste que lui. Un soir, à l'aide d'un almanach et de certaines données émanant du Centre canadien de télédétection, il avait tenté de faire quelques prévisions. Après avoir analysé les images à vecteur de surveillance des feux de forêts, il avait averti son père que l'été qui démarrait s'annonçait comme l'un des plus secs depuis quinze ans. Les risques d'incendie étaient majeurs.

Il ne s'était pas trompé. Il n'y avait pas eu une seule goutte de pluie en juillet. Christy avait eu besoin de lui pour irriguer les terrains forestiers et éteindre les feux de broussaille. Ils étaient en alerte nuit et jour et, malgré les vacances scolaires, Danny n'avait pas pu préparer le rattrapage de ses examens. Il n'avait pas été reçu. Ces deux échecs étaient pour lui comme des balafres au cœur de son rêve. Jamais il ne l'avouerait à son père, mais la vie à la ferme lui coupait les ailes.

Pourtant, Christy en avait conscience – Danny le savait. Mais jamais ils n'en discutaient. L'an passé, Mme Harwood, sa professeur, avait demandé un rendez-vous à son père. C'était peu de temps après le feu de forêt et Danny avait craint dans un premier temps d'être sanctionné pour ses absences, ou carrément renvoyé. Paniqué, il avait erré dans le couloir, devant la salle de classe afin de surprendre la conversation.

« Votre fils est un élève brillant, avait attaqué Mme Harwood. Il fait partie des meilleurs et il travaille dur dans toutes les matières. Il est particulièrement doué en sciences. Son exposé sur les fronts froids était si novateur qu'il a été publié dans le journal de l'école.

— Je le sais, avait répondu son père. Je suis fier de lui.

— Il faut qu'on réfléchisse à son avenir.

— C'est tout vu, il reprendra l'exploitation forestière.

« — Peut-être. Mais que faites-vous de son entrée à l'université ? Il a déjà raté deux examens importants. Il peut les rattraper, mais il doit faire attention et mettre les bouchées doubles. Nous aimerions qu'il postule à McGill. Il a de grandes chances d'obtenir une bourse et... »

En entendant ces paroles, le cœur de Danny s'était emballé et avait failli manquer plusieurs battements. Hélas, moins d'une seconde plus tard, il avait reçu une véritable douche froide.

« Il n'ira ni à McGill, ni nulle part ailleurs, avait asséné son père. Je sais qu'il est intelligent – il pourrait intégrer n'importe quelle école s'il le décidait. Mais nous gérons une petite plantation d'arbres. Je ne peux pas me passer de lui une journée, alors quatre ans, vous pensez... Me comprenez-vous ?

— Non, monsieur Byrne. Absolument pas. Pour être plus claire c'est vous qui ne *comprenez* pas ! À votre avis, que ressentira Danny – peut-être pas demain mais dans quelques années – quand il prendra conscience que vous l'avez freiné, empêché de faire sa

173

vie ? Il a un esprit vif, de magnifiques qualités intellectuelles et il mérite cette chance. »

À cet instant, en glissant un coup d'œil machinal vers le couloir, son père l'avait aperçu, caché dans l'entrebâillement de la porte. Leurs regards s'étaient croisés. Celui de Christy brûlait de rage et de honte de s'être fait sermonner par un professeur. Danny avait failli se ruer dans la pièce pour défendre le point de vue de son père. Il s'était retenu. Les paroles de l'enseignante résonnaient à ses oreilles. Il voulait saisir cette opportunité.

Les deux hommes s'étaient regardés longuement pendant ce qui avait paru une éternité, puis Christy avait détourné les yeux. Danny n'avait cessé d'attendre qu'il lui parle de cette conversation avec Mme Harwood mais cela ne s'était jamais produit.

Aujourd'hui, cette histoire n'était plus pour lui qu'une vieille plaie cicatrisée. Son père n'avait visiblement jamais compris que, depuis ce jour-là, il ne vivait que pour le court séjour qu'ils faisaient tous les ans en décembre à New York.

C'est là qu'à son corps défendant, il était tombé amoureux. Non pas d'une fille – il ne connaissait pas encore Penelope – mais des lumières de la ville et de tout ce qu'elles représentaient : l'espoir, les promesses d'un avenir différent. New York signifiait le rêve.

Quatre ans plus tôt, il était descendu à Manhattan avec son père et sa sœur, sans savoir à quoi s'attendre. Sa mère l'avait entretenu dans l'idée que New York était un lieu de perdition pour les cœurs et les âmes. « Les gens ont la tête tourneboulée là-bas », disait-elle. « Ils sont tellement occupés à chercher des pépites d'or qu'ils en oublient l'essentiel, la beauté et le plaisir. »

À sa grande stupéfaction, Danny avait découvert tout cela à New York. Il avait aimé cet endroit au premier coup d'œil. Il adorait prendre le métro et déboucher dans un parc, un planétarium ou au terminus, sur la jetée en bois longeant l'océan Atlantique ; arpenter seul un pâté de maisons ; avoir le choix entre une part de pizza, un bagel frais, une portion de porc frit au riz ou un hot dog et une boisson à la papaye ; admirer les nuages qui rasaient les gratte-ciel en projetant leurs ombres sur les murs percés de fenêtres ; contempler les filles séduisantes qui lui souriaient en lui laissant croire qu'il était le roi du monde. À New York, Danny avait l'impression qu'il pourrait le devenir. Ce n'était pas comme à la maison où il devait se contenter des rayons du soleil, des odeurs de pin, du souffle de la brise sur sa peau et du bruit des vagues à ses oreilles. Même s'il appréciait ces sensations par-dessus tout, il savait qu'il pouvait les trouver aussi bien ici – en traînant dans Central Park, en prenant le ferry pour Staten Island ou la ligne A jusqu'à Far Rockaway. Mais la ville offrait d'autres plaisirs : s'il travaillait dur sans se laisser distraire par les belles filles qu'il rencontrait – Penelope par exemple – il pourrait exaucer son rêve, le faire devenir réalité. Ici, ce n'était pas si important qu'il ait raté deux examens, qu'il ne soit pas diplômé, il y avait d'autres moyens d'atteindre son but. Parfois, il suivait littéralement les nuages. Il les pourchassait à travers le parc, s'efforçant de calculer leur taille ou la vitesse du vent. Étaient-ce des cirrus d'altitude – minces, fibreux avec leurs longues traînées recourbées ? Ou des nuages d'étage moyen – des altocumulus inégaux et éparpillés qui donnaient de faibles précipitations ?

Les nuages bas étaient les plus difficiles à talonner : gros, avec des contours rebondis, ils roulaient dans le ciel comme des bébés rieurs. Toutes ces formations nuageuses apportaient la pluie qui faisait pousser les arbres. Danny apprenait à les connaître.

Son repaire secret – d'où il apercevait la bibliothèque de C dans la tour Rheinbeck – était l'endroit idéal pour surveiller les changements climatiques. Si seulement Catherine avait su qu'il était là, ils auraient pu échanger des signaux à distance ! Mais il refusait de prendre des risques, de l'entraîner dans ses mensonges. Il était préférable de rester discret, de garder secrète l'adresse de ce nid de corneilles d'où il pouvait à sa guise contempler l'océan d'arbres au-dessus des toits et observer les allées et venues des systèmes dépressionnaires. Il se sentait capable de résister aux tentations de New York – d'étudier, de réussir son examen d'entrée à l'université et de s'inscrire là où il fallait pour mener à bien son projet.

Projet, mission, rêve : autant de mots pour définir la même chose. Il aurait tout aussi bien pu ajouter à sa liste celui d'*odyssée* ou de *quête*. Ce qu'il vivait était si important à ses yeux. Il enviait certains des jeunes new-yorkais qu'il rencontrait. Leurs existences si différentes étaient essentiellement axées sur les études et l'avenir alors que la sienne ne s'attachait qu'à l'instant présent. À labourer la terre et planter des boutures, à fertiliser les parcelles et pulvériser des insecticides. C'était presque impossible de songer au futur quand votre dos vous faisait mal et que le vent vous projetait des saletés dans les yeux, quand le soleil vous brûlait la peau, que la soif vous provoquait des vertiges et que l'odeur âcre des pesticides vous râpait le gosier. Oui, c'était impossible de songer au lendemain quand le présent vous emprisonnait.

Les petits new-yorkais avaient d'autres perspectives. Pas forcément meilleures d'ailleurs : l'air qu'ils respiraient était pollué et ils n'avaient ni horizon sans fin, ni aurores boréales. Mais ils avaient la certitude d'aller un jour au College. Faire des études était pour eux aussi évident que le soleil qui se levait le matin. À entendre Penelope, il ne se passait pas une journée sans qu'elle discute avec ses parents de l'université dans laquelle elle s'inscrirait. Danny avait vécu une expérience opposée. Jamais il n'avait voulu accabler son père avec ses espoirs. Étudier coûtait cher et l'obligerait à quitter l'exploitation. Christy vieillissait et comptait sur son fils pour prendre la relève. À chaque fois que Danny avait tenté d'aborder le sujet, il avait vu ses épaules s'affaisser. Le matin, Christy était pressé de partir dans les collines, le soir, il était fatigué après sa longue journée de travail. Et puis, il y avait eu ce feu de forêt. Alors, Danny avait décidé de prendre, seul, son avenir en main. Il ne retournerait auprès de son père que lorsqu'il aurait atteint son objectif : être à ses yeux un sujet de fierté.

La plupart du temps, il travaillait à ses examens, caché dans son repaire secret ou dans la bibliothèque de C. Mais les rues animées de New York n'en finissaient pas de l'attirer. Il avait parfois l'impression que les lumières de la ville épelaient son nom. Alors, il prenait son appareil photo et immortalisait les détails architecturaux des bâtiments. Il adorait se perdre dans la foule de Times Square, se cogner aux gens qui sortaient des théâtres, accoutrés de vêtements fantaisie que sa mère ne voyait qu'à la télévision ou dans les magazines. Il aimait arpenter le trottoir devant le Museum of National History, à la recherche de badges d'admission que les visiteurs jetaient en sortant et qui lui permettaient de se glisser à l'intérieur.

Parfois, lorsqu'il en ramassait deux, il appelait Penelope d'une cabine téléphonique et lui proposait de venir le rejoindre. Sa famille étant riche, elle offrait souvent de payer pour lui, mais Danny refusait toujours, comme il le faisait avec Catherine. Il entraînait Pen dans le musée sous la baleine bleue en lui racontant à l'oreille comment il avait lui-même grandi et joué avec les cétacés du Cabot Strait.

Mais depuis que sa famille était revenue en ville, il ne parvenait plus à quitter Chelsea. Son envie de les voir le dévorait, mais il refusait de parler à son père de peur que ce dernier le ramène de force au Canada. Danny se sentait coupable de l'avoir abandonné en lui laissant gérer seul son fardeau. Alors, il l'observait de loin – en priant pour que Bridey et Catherine ne le trahissent pas. Catherine l'avait soutenu tout au long de cette année, sans poser de questions, et Danny lui en était reconnaissant. Elle semblait lui faire confiance : elle le laissait utiliser les ouvrages de sa bibliothèque, et avait emmené Bridey, à sa demande, au Rockefeller Center. Danny était fou de joie à l'idée que sa sœur ait enfin pu assister à l'illumination du sapin géant.

Dans leur pays, les arbres de Noël représentaient... plus que tout. Ils étaient leur gagne-pain. À en croire son père, ils avaient la vertu de pouvoir réunir les familles. « Même dans cette horrible ville de New York, où les gens courent après des rêves insensés et cherchent à tout prix à faire fortune, on a besoin de nos arbres. Une fois par an, tout le monde se rassemble autour de nos épicéas ou de nos Norman », disait-il.

Cet argument faisait la fierté de Danny. Même dans le luxueux appartement de Penelope, situé en haut de l'inaccessible et flamboyante Cinquième Avenue, un sapin clignotait derrière les fenêtres. Exceptionnellement, son père qui était homme de loi, restait à la maison pour le décorer en buvant un lait de poule alcoolisé. C'était une des rares fois de l'année où Pen pouvait compter sur sa présence à la maison. L'espace d'une nuit, il oubliait ses dossiers et son emploi du temps surchargé pour fêter la magie de Noël.

Penelope était la seule personne à qui Danny avait confié ses projets. Les autres – Lizzie, Lucy, Bridey et surtout son père, n'avaient pas la moindre idée de ce qu'il préparait. Il se souvenait encore du jour où il avait tout avoué à sa nouvelle amie. C'était à l'automne, sous le soleil de l'été indien. Ils se tenaient debout, enlacés, sur la terrasse du Belvedere Castle. Danny lui avait montré des nuages transparents et blanchâtres, fins comme de la gaze, qui tapissaient le ciel bleu.

« Comment s'appellent-ils ? avait demandé Penelope.

— Ce sont des cirrostratus, des voiles d'altitude situés à environ douze mille mètres. Ils sont constitués de cristaux de glace. Tu vois, ils ont des sortes de filaments presque rectilignes, les extrémités ne sont pas nettes... Ceux-là sont bénéfiques aux sapins. Ils empêchent les rayons du soleil les plus puissants de brûler leurs aiguilles.

182

— On n'est qu'en septembre et tu penses déjà aux arbres de Noël?

— C'est ma préoccupation essentielle. C'est pour ça que je veux devenir météorologue.

— Dan, Monsieur Météo », chantonna-t-elle.

Il se contenta de sourire. Penelope pouvait bien plaisanter, lui savait que c'était son destin.

Il émergea de sa rêverie brutalement. De l'autre côté de la rue, son père s'était arrêté de travailler un instant. Danny le vit étirer ses membres endoloris et jeter un coup d'œil circulaire autour de lui. Le feu était rouge, aucune voiture ne descendait la Neuvième Avenue. Soudain, le regard de Christy s'appesantit sur lui. Il se pencha en avant, comme s'il cherchait à discerner quelque chose derrière le rideau de flocons. Sans doute était-il intrigué par le chapeau melon? Mais bientôt, leurs yeux se croisèrent. Le cœur de Danny se mit à battre à coups redoublés. Il se figea tel un daim pris dans les phares d'un véhicule.

« Danny! », hurla son père en s'élançant vers lui.

Pendant quelques secondes, Danny ne bougea pas, comme s'il avait envie que Christy l'attrape, l'enveloppe de ses bras et le ramène à la maison. Il désirait saisir cette occasion de lui dire qu'il l'aimait, de lui expliquer que ce qu'il avait entrepris, c'était pour lui et la ferme. Mais il ne se faisait pas confiance, jamais il ne serait capable de formuler tout cela correctement. Au même instant, le bus arriva et Danny sauta sur le marche-pied. Dans sa hâte, son chapeau tomba sur le bitume. Par la vitre arrière de l'autobus, il aperçut son père le ramasser, le serrer contre lui puis se mettre à courir comme un possédé derrière le véhicule qui prenait de la vitesse. Ce fut la dernière image qu'il eut de lui. Écrasé de chagrin, il descendit à l'arrêt suivant et fit ce qu'il savait mieux faire : disparaître dans la ville, se perdre dans les allées, derrière les gratte-ciel, escalader les barrières... Comme un nuage dans le ciel, comme un lambeau de brume pris dans les branches d'un sapin. On pouvait le voir, croire même qu'on pourrait l'attraper, c'était peine perdue : il disparaissait irrémédiablement. Voilà à quoi jouaient les forma-tions nuageuses. Et on ne l'appelait pas Harry Houdini pour rien.

Ce soir-là, Catherine quitta son bureau à une heure avancée. Elle avait attendu, espé-rant voir Danny, mais il ne s'était pas montré. Elle prit son temps pour rejoindre le métro. La neige tombait toujours. Après avoir quitté la rame à Chelsea, elle descendit sans se hâter la 23e Rue. Plus elle se rapprochait de Christy, plus son pas se faisait pesant. Mais au fond de sa poitrine, son cœur battait la chamade. Quand elle fut devant lui, elle s'arrêta net.

« Je l'ai vu », s'exclama Christy.

Elle observa à la dérobée le chapeau melon qu'il triturait entre ses mains. C'était celui que Lizzie avait donné à Danny. Son estomac se contracta.

« Où avez-vous trouvé cela ? demanda-t-elle.

— Il est tombé de sa tête alors qu'il s'en-fuyait. Il refuse de me voir. Il a failli se rompre le cou en sautant dans le bus.

— Quel bus ? »

Les doigts de Christy s'enfoncèrent dans les coutures du chapeau. On aurait dit un naufragé s'accrochant à un radeau.

« Là-bas, bredouilla-t-il en esquissant un large moulinet du bras en direction de l'arrêt d'autobus.

— Pouvez-vous venir avec moi ? »

Voyant qu'il ne répondait pas – il semblait engourdi, comme s'il évoluait dans un rêve – elle glissa sa main dans la sienne et le tira gentiment en avant. Il la suivit sans même penser à fermer son stand ou à éteindre les guirlandes électriques qui clignotaient dans l'air glacial. Ils descendirent la Neuvième Avenue puis s'engagèrent dans la 20ᵉ Rue. Le pouls de Catherine palpitait. Elle ignorait encore ce qu'elle allait dire ou faire. La seule chose dont elle avait conscience, c'est que Christy souffrait terriblement et qu'elle devait rester avec lui. Sous leurs pieds, la neige se transformait en glace et Catherine trébucha. Christy la rattrapa et, pendant une minute, ils restèrent immobiles sous la lumière d'un réverbère. Quand ils se remirent en route, Christy laissa son bras autour de sa taille. De l'autre main, il tenait toujours le chapeau de Danny.

Ils gravirent les marches du perron et Catherine ouvrit la porte avant d'allumer les lampes. Une douce chaleur régnait dans la maison. Les parquets en bois étincelaient. Christy fit quelques pas et s'immobilisa au milieu du hall, laissant errer son regard autour de lui.

« Vous pouvez le poser, proposa Catherine en esquissant un geste en direction du chapeau melon.

— C'est tout ce que j'ai de lui. »

Catherine secoua la tête.

« Ce n'est pas vrai. Vous savez bien que ce n'est pas vrai. »

Christy baissa les yeux sur le couvre-chef.

« Un jour, quand Danny était bébé, il a été pris d'une forte fièvre. Comme son état empirait malgré les médicaments, je l'ai emmené à l'hôpital avec sa mère. Nous étions loin de la ville, alors j'ai conduit le plus vite possible. Les docteurs ont préféré réserver leur diagnostic et le garder en observation pour la nuit. Mary est restée avec lui. Quand je suis rentré à la maison, j'ai trouvé son nounours.

Je pensais... Je croyais que je ne reverrais plus mon fils, que cet ours en peluche était tout ce que je garderais de lui.

— Et vous ressentez la même chose en ce moment? »

Il opina. Il n'arrivait visiblement pas à se séparer du chapeau. Catherine s'avança vers lui, mais il ne la regarda pas.

« C'est tout ce qui me reste », répéta-t-il, d'une voix soudain brisée.

Catherine lui ôta doucement le chapeau melon des mains et le posa délicatement sur la table de l'entrée. Christy tremblait. Elle le sentait frissonner sous sa grosse veste de toile marron ornée d'un col en cuir. Elle défit la fermeture éclair et l'aida à l'enlever. Puis, brossant la neige qui la maculait, elle la rangea dans le placard à côté de son manteau.

« J'ai quelque chose à vous dire », commença-t-elle.

Il leva sur elle un regard accablé de désespoir et d'impuissance. Elle connaissait ces sentiments, ils lui étaient tellement familiers. C'était comme si la perte qu'il venait de subir le rongeait de l'intérieur, avait vidé son âme de sa substance. Catherine s'approcha de lui et, poussée par une force inconnue, se hissa sur la pointe des pieds et l'enlaça. Elle se persuada que c'était seulement pour le regarder droit dans les yeux et lui insuffler son énergie. Ils n'étaient qu'à quelques centimètres l'un de l'autre. Elle sentait le cœur de Christy battre contre sa poitrine. Il la fixait de son regard brûlant et l'instant était si intense, si empreint d'émotion que le souffle lui manquait. Elle effleura son visage. Sa peau était froide, probablement parce qu'il était resté dehors trop longtemps. Elle se persuada une nouvelle fois que c'était simplement pour le réchauffer. Rien de plus, se dit-elle. Elle appuya ses lèvres contre sa joue. Brusquement, Christy l'embrassa. Sa bouche se posa sur la sienne – un baiser doux et léger. Ses doigts tracèrent le contour de ses pommettes, de sa gorge. Son souffle chaud lui caressait le visage, le contact de ses muscles l'emportait jusqu'au vertige. La neige tapait contre les carreaux, les réverbères diffusaient une lueur orangée à travers la vitre, mais Catherine avait l'impression de voir des étoiles.

Le corps de Christy, son dos, ses bras étaient si durs sous ses mains. Elle avait envie de le toucher, de ne jamais s'arrêter. Elle l'imagina maniant sa hache, soulevant du bois... Sa puissance était comme un élixir magique dont elle ne pouvait se rassasier. Elle se blottit encore davantage contre lui, se laissant aller à sa bouche exigeante.

« Catherine », grogna-t-il.

Cela faisait si longtemps qu'un homme n'avait pas murmuré son prénom dans cette maison.

« Il y aura trois ans, à Noël, chuchota-t-elle.

— Quoi?

— Je n'ai pas... Je n'ai pas... bredouilla-t-elle en s'agrippant à lui.

— Tout va bien, dit-il en lui caressant les cheveux. Calme-toi. »

Elle l'écouta. Il y avait une éternité qu'elle ne croyait plus au pouvoir de ces trois mots : « Tout va bien », mais la confiance revenait. Christy sentait le pin, la neige et le cuir. Enfouissant son visage au creux de son cou, elle prit une grande inspiration et s'imagina au cœur d'une forêt nordique. C'était comme si l'odeur et la chaleur qui émanaient du corps de Christy l'entraînaient dans l'abîme. Elle ne voyait plus rien, hormis des branches et des étoiles. Il était si solide, si réel – elle ne voulait pas que cet instant prenne fin.

« J'ai tellement espéré... souffla-t-elle, voir le fantôme de Brian.

— Et tu n'y es pas parvenue ? »

Elle eut un geste de dénégation.

« Peut-être parce que tu n'y étais pas destinée. Peut-être es-tu censée rester ici, les deux pieds solidement plantés sur la terre. Tu es une femme vivante et vibrante, Catherine Tierney. Si tu avais aperçu le spectre de ton mari, tu aurais sans doute souhaité le suivre, t'envoler avec lui. »

Une femme vivante et vibrante. Des flots d'images tourbillonnèrent dans son esprit. Son corps fourmillait de sensations : elle se revoyait tenant la main de Bridget au Rockefeller Center, serrant Danny dans ses bras dans la bibliothèque, descendant en luge la pente de la Pilgrim Hill, pelotonnée contre Christy. Elle s'était crue morte, plus vide qu'un fantôme, enterrée, ensevelie sous le chagrin. Elle s'était sentie comme l'un des sapins de Noël de Bridget, arrachée du sol, entraînée loin de la forêt et puis abandonnée dans un coin, sans amour et sans lumière.

191

Christy l'embrassa de nouveau mais cette fois d'une façon différente, comme s'il venait de se souvenir qu'elle était une femme vivante et vibrante. Il entrouvrit ses lèvres. Sa langue était brûlante. Sa bouche se fondit dans la sienne. Avec un désir farouche qui épousait le sien. Un long frisson la parcourut. Cela faisait si longtemps qu'elle ne s'était pas ainsi abandonnée.

Sa peau la picotait. Elle était comme électrisée, parcourue tout entière de tremblements délicieux.

Pendant un instant, le temps sembla suspendu, et Catherine ouvrit les yeux pour vérifier qu'elle ne rêvait pas. Christy rejeta sa tête en arrière en la gardant serrée contre lui. Ils échangèrent un sourire. Elle ne voulait pas quitter ses bras. Cela aurait brisé la magie. Son cœur battait-il aussi fort que le sien ? Elle pressa sa main contre son torse pour s'en assurer et il fit de même.

« À cause de toi, il va lâcher, susurra-t-il dans un sourire.

— Ce n'est pas ce que je veux. »

Elle recula de plusieurs pas.

« Moi si ! » murmura-t-il en s'emparant à nouveau de ses lèvres.

Sa bouche était tendre et son étreinte si possessive qu'elle aurait voulu qu'elle dure à jamais. Mais lorsque ses yeux se portèrent machinalement sur le chapeau de Danny, elle prit la parole :

« Christy, commença-t-elle.

— Catherine.

— Il faut que je te parle de quelque chose. »

Il fit un signe d'assentiment, repoussa une mèche de cheveux de ses yeux, puis redressa ses lunettes qu'elle avait gardées depuis le début sur le bout de son nez. Son geste était si attentionné qu'elle avait du mal à respirer.

« C'est vrai. Tu me l'as dit tout à l'heure. »

Elle avala sa salive, s'avança vers la chaise et ramassa le chapeau melon. Elle examina l'intérieur : la doublure en satin blanc était parsemée de grains de sel et de sable provenant probablement du trottoir où il était tombé, et bordée d'un liseré rouge vif. C'était un modèle ancien qui portait le nom d'un chapelier parisien : Motsch et Fils. Lizzie dénichait parfois de vieux couvre-chefs au marché aux puces de la Sixième Avenue.

193

Catherine le tendit à Christy en lui montrant l'étiquette.

« Il a été fabriqué en France ? s'étonna-t-il. J'ai été surpris de voir Danny avec un truc aussi élégant. Au départ, je ne l'ai pas reconnu.

— Lis ce qui est écrit en dessous », murmura-t-elle, la bouche sèche.

Son cœur bondissait si fort dans sa poitrine qu'elle n'était pas sûre de pouvoir poursuivre.

« CL », déchiffra-t-il avant de lever sur elle des yeux brillants.

Elle s'attendait à un regard décontenancé ou égaré, mais il ne semblait pas comprendre. Il la dévisageait avec une confiance aveugle comme s'il pensait que chacune de ses indications pourrait l'aider à localiser son fils.

« Chez Liz », précisa-t-elle.

Cette fois, il afficha un air interloqué.

« Je ne saisis pas.

— Lizzie achète ses vieux chapeaux aux enchères ou au marché aux puces. Elle n'enlève jamais les étiquettes originales, mais ajoute toujours sa propre marque. Le rouge

194

est la couleur de sa boutique et elle signe CL pour Chez Liz. »

Le visage de Christy s'éclaira.

« Danny l'a trouvé chez ton amie ? s'écria-t-il, rayonnant. Alors peut-être sait-elle quelque chose ? Sans doute se souviendra-t-elle de lui ? C'est un garçon de grande taille, si intelligent et énergique. Appelons-la immédiatement.

— Christy ! (Elle s'empara de ses mains.) C'est elle qui lui a donné ! »

Une ombre passa dans le regard de Christy.

« Mais... Si elle savait que c'était Danny, elle m'aurait sûrement prévenu... ou elle te l'aurait dit et tu m'aurais averti...

— Il nous a demandé de garder le secret », répondit doucement Catherine.

La maison était silencieuse. Elle vit le sang refluer de son visage. Il était blanc comme de la craie et elle avait l'impression qu'il ne respirait plus. Ses mains lâchèrent les siennes brusquement comme si leur poids était devenu trop pesant.

« Tu...

— Je l'ai vu. »

Il attendit. Ses yeux s'assombrirent brusquement à la façon d'une nuit s'abattant sur un lac gelé.

« Nous l'avons aidé l'année dernière après la bagarre qui vous a opposés, admit-elle. Quand la police t'a relâché, tu as ramené Bridget à la maison. Danny est resté ici.

— C'est ce qu'il désirait.

— Oui. Il était... (Elle ne pouvait pas lui dire qu'elle avait trouvé son fils accroupi devant les poubelles de Chez Moore, le restaurant du coin de la rue.) Affamé! On lui a procuré à manger.

— Danny avait faim », répéta-t-il en tressaillant.

Il agita la tête comme si l'idée lui était insupportable.

« Jamais je n'aurais permis que cela arrive! Jamais de la vie! Me hait-il autant que ça pour préférer se laisser mourir plutôt que de vivre avec moi? »

Christy arracha sa veste du cintre, l'enfila et coinça le chapeau sous son bras. Ses yeux étincelaient de rage et de désespoir. Alors qu'il posait la main sur la poignée en laiton de la porte, Catherine l'empoigna par la manche.

« Ce n'est pas ça ! Il ne te déteste pas !

— Il t'a donc parlé ? Il t'a expliqué ? »

Elle eut un geste de dénégation.

« Non. Il ne m'a pratiquement rien dit. Mais je le sais. J'en suis sûre, Christy ! Écoute-moi, s'il te plaît. Je veux t'aider.

— M'aider ? »

Il cracha les mots plus qu'il ne les prononça. Elle comprit que son désespoir l'emprisonnait de nouveau. Il lui avait fait confiance.

« Pendant tout ce temps, je pensais... » murmura-t-il.

Elle se tut, attendant la suite.

« Je pensais que tu étais un ange », lâcha-t-il enfin.

Son regard se voila d'une lueur hostile comme s'il croyait maintenant autant aux anges qu'elle avait cru aux fantômes. Il ouvrit la porte à la volée. Dehors, le vent hurlait et la neige tombait sans discontinuer.

« C'est le mois de décembre le plus neigeux depuis un siècle », dit brutalement Catherine.

Il lui jeta un coup d'œil incrédule par-dessus son épaule, semblant penser qu'elle était folle et que cette phrase était déplacée face à la souffrance qu'il endurait. Catherine préféra taire qu'elle l'avait lue sous la plume de Danny, dans la dissertation froissée qu'elle avait découverte à la bibliothèque.

« En tout cas, c'est sûrement le plus froid, rétorqua Christy en la dévisageant un court instant. (Comme s'il ne pouvait s'en empêcher, il lui effleura la joue.) C'est pour cette raison, entre autres, que je me sentais si bien auprès de toi. »

Remontant son col, il s'éloigna dans l'allée et, à l'exemple de son fils, disparut dans la nuit.

IX

Christy se mit à courir. Il dévala en trombe la Neuvième Avenue à travers la tempête de neige. Son cœur menaçait de se briser comme une couche de glace sur une mare gelée. La ville se dressait autour de lui, de ses lumières menaçantes. À chaque coin de rue, ses bottes de fermier écrasaient des plaques de verglas et des congères. Des promeneurs le dépassaient, leurs sacs de courses à la main; ils paraissaient heureux. Christy avait perdu tout sens de la réalité. Il fonçait droit devant lui, aveuglé par ce qu'il venait d'apprendre.

Comment pouvait-il avoir le sentiment d'avoir été trahi par une femme qu'il connaissait à peine? Il accéléra l'allure. À chaque inspiration, une douleur vive lui vrillait les poumons. Il avait mal aux épaules et au dos. Ses muscles étaient brûlants à force d'avoir tenu Catherine contre lui et de l'avoir laissée partir. Il l'avait enveloppée de ses bras, de son esprit – devant le besoin qui la consumait, il s'était senti prêt à lui offrir davantage. Cependant, elle s'était contentée de rester plantée devant lui en lui avouant qu'elle avait vu son fils, qu'elle l'avait aidé depuis le début. Alors que lui croyait... Que croyait-il d'ailleurs? Que Danny avait disparu, qu'il était mort? Pourquoi Catherine ne pouvait-elle pas comprendre cela? La femme en noir – triste amie. Elle dilapidait son existence dans le chagrin, abritant à chaque seconde l'espoir de revoir son mari. Elle fuyait la vie; elle se réfugiait dans le passé. Mais ce soir...

Christy avait cru l'avoir atteint. Il l'avait prise contre lui, avait senti son corps frissonner contre le sien. Il aurait souhaité parler avec elle jusqu'au petit matin – toute la durée de son séjour à New York. Il lui avait caressé les cheveux, en cherchant à la persuader qu'elle était vivante et vibrante, qu'elle devait choisir le bon chemin. Ces sensations s'accrochaient en lui. Peut-être était-il fou mais il avait été submergé par l'envie irrépressible de la posséder, de l'aimer. Pour une nuit, pour toujours, quelle différence ?

Il avait cru qu'ils se comprenaient, qu'ils savaient tous deux que la vie était courte, précieuse et tellement cruelle. C'était bien le cas, puisque son jeune époux était décédé à l'époque de Noël, et que son fils, si cher à sa famille, s'était évanoui sans laisser de traces.

Pourquoi ne pas saisir l'opportunité, si fugitive soit-elle, de se donner à l'amour quand il se présentait ? C'était un bien si rare, si difficile à trouver. Pourtant, il savait que leur histoire n'avait pas l'ombre d'une chance. Catherine était une grande dame, une citadine évoluant dans le luxe. Sa maison coûtait cent fois plus que ce qu'il gagnerait durant toute sa vie. Il n'était qu'un petit sylviculteur canadien avec des mains plus calleuses que de la corne, de la sève et des fragments d'écorce sous les ongles. Mais pendant un instant... Elle aussi l'avait perçu. Il l'avait lu dans ses yeux. Catherine O'Toole Tierney, cette merveilleuse créature de Chelsea, l'avait embrassé, lui, Christopher X. Byrne. Il l'avait sentie frémir sous ses mains tandis qu'elle levait sur lui un regard vibrant d'espoir. Leurs âmes et leurs désirs s'étaient répondu. Et puis, elle lui avait avoué la vérité. La vérité sur Danny. S'était-elle moquée de lui avec son amie ? De toute façon, cela ne le touchait pas – il était bien au-dessus de cela. La seule chose importante à retenir, c'est que Danny était en vie. Christy devait se réjouir de cela. Le reste était superflu...

En passant devant le Maritime Hotel avec ses fenêtres en forme de hublots, il aperçut des limousines qui déchargeaient les invités d'un Arbre de Noël. Malgré lui, il ralentit le pas et observa les gens qui grimpaient les marches en direction de la terrasse. New York est vraiment un endroit étrange, pensa-t-il. Au fil des années, il avait vu cet établissement se transformer à plusieurs reprises. D'abord foyer pour anciens marins, il était devenu un temps un refuge pour jeunes fugueurs avant d'abriter aujourd'hui un restaurant de luxe et un hôtel à la mode. Était-ce cela que désirait son fils ? Rêvait-il de soirées chic et de glamour ? Était-ce en voyant son père vendre des sapins à des bourgeois fortunés qu'il avait décidé de mener une vie plus confortable?

Caché dans l'ombre, Christy détailla les personnes qui le frôlaient. Elles étaient toutes vêtues de noir, costumes, pardessus, capes en velours... jusqu'à leurs bottes cirées. Christy n'en croyait pas ses yeux. Malgré le sel, le sable et la neige fondue qui souillaient les trottoirs, ces chaussures étincelaient comme des étoiles. Leurs propriétaires avaient dû se contenter d'apparaître sous l'auvent de leurs immeubles avant de grimper dans la limousine qui venait de les déposer au bas du perron. Ces gens-là ne se mouillaient jamais les pieds. Christy se demanda si c'était le rêve de Danny. Sa vie en Nouvelle-Écosse lui avait-elle paru si terrible? Le souvenir des premières chaussures de son fils s'imposa à lui. Dès qu'il avait su marcher, Danny avait réclamé des Sorel – de lourds bottillons destinés aux travaux des champs – pour imiter son père. Christy le prenait sur ses genoux pour lui faire ses lacets. Ensuite, à dix ans, puis adolescent, il avait voulu d'autres modèles. Christy les voyait défiler dans son esprit, crottés de boue, d'engrais, d'aiguilles de pin, de sève, de morceaux d'écorce, de foin et de suie.

Son esprit dériva sur le feu de forêt. L'incendie s'était déclaré dans un arbre suite à un orage sec et un demi-hectare était parti en fumée. Danny avait été forcé de rater l'école pour l'aider. Une journée d'abord, puis une autre, sans compter ses examens. Christy s'était rassuré en se disant que son fils était assez intelligent pour rattraper son retard, mais un soir, cet été-là, alors que la terre fumait encore, il avait surpris une conversation entre ses enfants. Ils se tenaient sous le porche et regardaient les lucioles qui voletaient dans l'herbe folle.

« Tu veux bien m'en attraper quelques-unes ? avait demandé Bridget à son frère.

— Je suis trop fatigué, avait soupiré ce dernier.

— Je veux les enfermer dans un pot et les jeter à la mer.

— Pourquoi ?

— Pour les éloigner des arbres, je n'aime pas le feu. »

Christy avait retenu un éclat de rire. Danny,

lui, n'y était pas parvenu. Il avait laissé échapper un gloussement de joie.

« Elle est bien bonne celle-là! Je ne peux pas croire que ma sœur puisse dire de telles bêtises!

— Mais il y a bien quelque chose qui cause tous ces incendies?

— Bridey, les lucioles produisent une substance appelée luciférine qui, au contact de l'oxygène, les fait briller. C'est une lumière froide, tu n'as pas à t'inquiéter.

— Tu es sûr?

— Ouais. (Il avait pouffé.) Je l'ai appris en cours de sciences.

— Mais alors, qu'est-ce qui provoque le feu?

— La foudre, la chaleur, la sécheresse. Ce printemps, à l'école, je me suis connecté au site du Centre canadien de télédétection. La section de surveillance des feux de forêt a développé des algorithmes qui tirent profit des mesures multicanaux du capteur AHRRR/3. Ces images sont recueillies par les satellites NOAA. Je te jure que si j'avais été capable d'accéder à la base de données, j'aurais pu avertir papa des risques d'incendie. Il y a un canal infrarouge qui...

— Wouah, Danny! De quoi parles-tu? »

Stupéfait, Christy s'était reculé dans l'ombre. Il était impressionné. Que voulait dire son fils? Depuis son enfance, il lui avait appris que gérer une exploitation réclamait de nombreuses connaissances scientifiques, mais dans un but bien précis : faire pousser les arbres afin d'en tirer de l'argent. Danny parlait de sciences d'une manière bien différente, avec une passion manifeste pour la recherche.

Lorsque Christy était honnête envers lui-même, au cours de ses insomnies, il admettait à contrecœur qu'il aurait sans doute du mal à retenir son fils à la ferme. Comment demander à un garçon doté d'une telle intelligence de gagner sa vie avec un râteau et une scie?

Cette question le fit tressaillir : au fond de son cœur, il savait que c'était lui le responsable de la situation actuelle. C'étaient son entêtement et son aveuglement qui avaient poussé Danny à s'enfuir.

De l'autre côté de la rue, les gens continuaient de se presser sur le perron de l'hôtel. Silhouettes chic vêtues de couleurs sombres...

206

Cela lui fit penser à Catherine – la triste et timide dame en noir. Elle aussi était élégante. Pourtant, à aucun moment, il n'avait cru que sa tenue vestimentaire était autre chose qu'un signe de deuil. Ce soir, elle lui avait parlé de Brian. Elle s'était montrée douce et sincère. Christy avait eu le sentiment qu'elle avait eu du mal à se confier, à avouer qu'elle cherchait le fantôme de son mari. Cela l'avait attendri. Il espérait l'avoir convaincue de ne pas se laisser détruire par le chagrin.

Dans l'immédiat, c'était lui qui avait besoin d'aide. Sa souffrance le rongeait à petit feu. Il ne comprenait pas les gens. Après la mort de Mary, il avait veillé à élever ses enfants de son mieux. Son sens du devoir l'avait poussé à mener la même existence qu'auparavant, à venir vendre ses arbres à New York. Il pensait avoir inculqué de bonnes valeurs à Danny et Bridget. Il pensait être capable de juger correctement les autres.

Et surtout Catherine.

Il fut tiré de ses réflexions par l'arrivée d'une voiture de police qui patrouillait lentement dans l'avenue. Les policiers regardaient dans sa direction. L'un d'eux était Rip Collins. Il abaissa sa vitre.

« Que se passe-t-il, Christy? s'inquiéta-t-il.

— Rien, je me baladais, c'est tout.

— C'est une nuit idéale – enfin pour les Canadiens », ironisa l'officier.

Christy savait que la plaisanterie n'était pas méchante, alors il s'efforça d'avoir l'air plus détendu.

« Vous cherchez toujours votre garçon? »

Christy haussa les épaules pour dissimuler ses sentiments. L'image de Danny courant derrière le bus pesait au fond de son cœur comme une tonne de glace.

« Ça doit être difficile à vivre en cette période de l'année », soupira Rip.

C'est difficile tous les jours, faillit rétorquer Christy. Il pensa à Catherine qui attendait le fantôme de son mari. Pourquoi une femme capable d'une telle folie ne pouvait-elle comprendre ce qu'il ressentait?

« Ouais, se contenta-t-il de répondre.

— Pas de problème? Vous avez laissé votre stand sans surveillance, tout éclairé. »

Christy sursauta. La réalité lui fit l'effet d'une gifle. Il avait été tellement bouleversé par la fuite de Danny et l'apparition de Catherine, qu'il avait tout laissé en plan. Avait-il perdu l'esprit ? Sa caisse était là-bas !

« Merci », lança-t-il au policier avant de tourner les talons et de remonter l'avenue au pas de course.

Quand il parvint au coin de la rue, la neige tombait si drue que les arbres étaient à peine visibles sous leur couverture immaculée. La guirlande électrique blanche formait comme un halo dans la brume. Christy bondit vers l'endroit où il cachait sa recette.

La boîte avait disparu.

Il repéra la marque qu'elle avait laissée dans la neige, sous les branches les plus basses d'un petit épicéa blanc. Peut-être l'avait-il poussée plus loin par inadvertance ? Il s'écroula à plat ventre sur le sol durci et tâtonna avec frénésie autour de lui du bout des doigts, indifférent aux aiguilles qui lui écorchaient le crâne et le cou. La caisse n'était plus là. Quand l'avait-il vidée pour la dernière fois ? Préoccupé par ses recherches pour retrouver Danny et par ses sentiments pour Catherine, il y avait conservé ses gains de la semaine.

Soixante-dix dollars pour un grand épicéa

bleu, quatre-vingts pour le Fraser et le Scotch, quatre-vingt-dix pour le sapin de Douglas, cinquante pour les gros baumiers, quarante pour les pins blancs, trente pour les accessoires de table... Il avait perdu des milliers de dollars.

Qui était au courant de la cachette? Non, cela ne pouvait pas être Danny – pas lui! Qui alors? Christy se montrait toujours d'une extrême prudence. À chaque nouvelle vente, il glissait d'abord les billets du client dans sa poche avant de les transférer dans la caisse, une fois qu'il était seul.

Des pensées chaotiques tournoyaient dans son esprit – et l'histoire des frères Quinn se rappela à lui brusquement. Leurs luges gravées avec leurs initiales, JQ et PQ. L'un d'eux avait pris le mauvais chemin, l'autre le bon.

Christy songea à ses enfants. Bridget était au chaud, en face dans la pension de famille tandis que Danny errait... Dieu sait où. Peu de temps auparavant, Christy aurait juré sur la tombe de sa mère que son fils et sa fille étaient aussi honnêtes que le jour était long. Il aurait parié qu'ils auraient une vie heureuse et paisible et qu'en dépit de son intelligence, Danny aurait géré l'exploitation à ses côtés.

Mais soudain, il n'avait plus aucune certitude. Jamais il n'aurait pu imaginer vivre une année sans Danny.

Il n'y parvenait toujours pas. Perdre une fortune n'était rien en comparaison. L'idée que son fils, ce garçon si brillant, ait pu mal tourner, le rendait malade. Était-ce de sa faute s'il s'était fourvoyé ? Les gamins des rues volaient souvent de l'argent pour s'acheter de la drogue – même au Canada. Seigneur, où Danny vivait-il ? La vie d'un SDF devait être difficile, impitoyable. Comment se procurait-il de la nourriture ou un toit pour dormir ? Comment gagnait-il de quoi survivre ?

Lorsque Christy redressa la tête, il vit la voiture de Rip qui se dirigeait droit sur lui – il avait dû contourner le pâté de maisons. Christy sentit une boule lui monter à la gorge. Il était accablé de honte. Les policiers stoppèrent leur véhicule et sautèrent sur le trottoir. Devant le regard de Christy, ils comprirent que la caisse avait disparu. Rip sortit son carnet et Christy fut forcé d'avouer la vérité. Une heure plus tard, tout était terminé. Les journalistes, accourus sur les lieux après avoir appris l'information par la radio de la police, avaient mis un terme à leur insupportable intrusion et Rip et ses collègues avaient levé le camp. Épuisé, Christy grimpa d'un pas lourd les marches de la pension de famille de Mme Quinn.

« Que se passe-t-il, papa ? » s'inquiéta Bridget en le voyant entrer.

Elle était pelotonnée sur le canapé du salon, Murphy blotti sur ses genoux. Ses grands yeux verts s'emplirent d'effroi devant la mine défaite de son père.

« N'as-tu pas regardé par la fenêtre ? » s'enquit Christy en se demandant si elle avait été témoin de la scène.

La soirée avait dû être exceptionnellement calme dans New York, car Rip et son adjoint avaient appelé en renfort trois ou quatre patrouilles. Auxquelles s'étaient ajoutées bientôt une horde de reporters et une foule de badauds.

« Non, bredouilla-t-elle, apeurée. Pourquoi ? Qu'est-il arrivé ? »

Christy se força à sourire, sans succès. Le salon de Mme Quinn se trouvait à l'arrière de la maison, donnant sur la cour – il était possible que Bridget n'ait rien remarqué. Perdre son argent était le cadet de ses soucis : les voisins s'étaient montrés aimables et compatissants, allant même jusqu'à lui proposer de lui payer de quoi dîner. Quand les flics lui avaient demandé qui connaissait sa cachette, il avait répondu « personne ». Il n'avait pas l'intention de mentionner le nom de Danny. Pourtant, en son for intérieur, le doute le rongeait. Et des questions sans cesse plus nombreuses l'agitaient. Pourquoi Danny s'était-il rendu à Chelsea alors que visiblement il n'avait pas envie de le voir ? Avait-il planifié ce vol depuis longtemps ? La situation semblait surréaliste à Christy. Son corps conservait le souvenir de son étreinte avec Catherine. Mais ses paroles avaient creusé comme un grand trou noir au fond de son être.

« Tout va bien, dit-il. Il neige dur, dehors.

— Qu'est-ce que tu tiens à la main ? s'étonna Bridget en pointant le menton vers le chapeau.

— C'est à... ton frère.

— Danny ! Tu l'as vu, alors ? »

Christy hocha la tête. Il était harassé. Il ôta sa veste, la suspendit au portemanteau derrière la porte et déposa le couvre-chef noir sur une étagère.

« Oui, je l'ai vu.

— Où? Que s'est-il passé? Que t'a-t-il dit?

— Il s'est enfui en me voyant. »

Il fut contraint de s'arrêter une seconde, le temps de maîtriser ses émotions. Bridget resta silencieuse, se contentant de le dévisager. Christy se demanda pourquoi elle paraissait aussi peu surprise. Soudain, alors qu'il la scrutait avec attention, il vit ses joues s'empourprer. Gênée, la fillette enfouit sa tête dans la fourrure de Murphy.

« Tu l'as vu, toi aussi? s'exclama Christy, incrédule.

— Uhhhhhh, grogna-t-elle, le visage pressé contre le dos du chien.

— Toi, Catherine et Liz?

— Et Lucy, ajouta Bridget en se redressant tel un lutin.

— Mais pourquoi? »

Il se laissa tomber lourdement dans le vieux fauteuil à oreillettes.

« Pourquoi ne m'as-tu rien dit? marmotta-t-il.

— Parce que Danny ne voulait pas.

— Suis-je donc un ogre ? »

Il était hébété, presque au-delà de l'engour-dissement. Ses doigts se crispèrent sur les accoudoirs tandis que son regard restait rivé à celui de sa fille.

« Ne crois pas ça, papa ! supplia-t-elle.

— Ça doit être vrai. Tout le monde a peur de me parler. Mon propre fils...

— C'est parce qu'on ne veut pas que tu te fasses du souci, alors que tu travailles si dur.

— Mais c'est pour vous deux que je le fais ! Ne l'as-tu pas compris ?

— C'est pour ça que Danny ne voulait pas être un fardeau de plus.

— Seigneur Jésus ! Bridget ! *Un far-deau !* C'est comme ça que tu considères les choses ? »

Il revit son fils bondissant dans le bus. Il savait que c'était la vérité. Oui, c'était vrai. Lorsqu'il avait surpris cette conversation sous le porche, entre ses deux enfants, il avait eu peur de ce que Danny attendait de la vie, peur qu'il veuille quitter l'exploitation. Et Danny avait ressenti ses craintes.

« Il a un projet, commença Bridget.

— Et si... »

Christy se tut brusquement. Était-il possible que Danny lui ait volé cet argent, non pour acheter de la drogue mais pour financer ses études? Après tout, c'était peut-être l'explication...

« Il ne faut pas être impatient, papa. Il nous préviendra quand il sera prêt. »

Christy l'écouta en silence. Sa fille paraissait si intelligente, si mûre, si raisonnable. Mais lui en était incapable. Sa raison l'avait abandonné ce soir. Son univers avait volé en mille morceaux.

« Quand il sera prêt? répéta Christy d'une voix empreinte de lassitude. (Un goût de larmes lui imprégnait les lèvres.) Ton frère n'a que dix-sept ans, Bridget. Je ne peux pas être patient. Surtout quand il s'agit de vous deux. »

X

Le lendemain, les deux plus importants tabloïds new-yorkais publiaient la même histoire en une. Alors que les gros titres du *Post* claironnaient : « Le Grinch frappe à Chelsea », les manchettes du *Daily News* annonçaient « Dépouillé sur la Neuvième Avenue ». Les photos qui accompagnaient les articles montraient Christy sur son stand, évitant délibérément les objectifs. De profil, son visage anguleux et ses yeux bleus rougis donnaient l'image parfaite d'un père de famille au désespoir. En incrustation, en haut de la page, il y avait la dernière photo de classe de Danny.

Assises au Moonstruck, Catherine et Lizzie lisaient les journaux. Peu de différences de l'un à l'autre. Les journalistes relataient avec force détails les conditions du vol et les incidents qui avaient touché la famille Byrne à Noël dernier – l'arrestation de Christy pour agression, la fuite de Danny, le non-lieu. Le *Post* y avait ajouté un encadré sur les gamins des rues alors que le *Daily News* se servait de l'histoire de Danny pour décrire le terrible quotidien des sans-abri.

« Ils le dépeignent comme un horrible personnage, se lamenta Catherine, qui lisait un passage consacré à Christy. Ils donnent l'impression qu'il a frappé son fils l'an dernier et qu'il ne s'intéresse qu'à l'argent. Écoute ça : "Daniel Byrne, aujourd'hui âgé de dix-sept ans, s'est enfui le 27 décembre de l'année dernière. Régulièrement déscolarisé le mois précédant Noël, il travaillait sur le stand de son père, sur la Neuvième Avenue à Chelsea. Les vendeurs de sapin de New York font de longues journées pour tenter de gagner en quelques semaines leur revenu annuel. Les résidents du quartier affirment avoir souvent vu l'adolescent travailler jusqu'à minuit". »

Elle agita la tête d'un air outré. Lizzie s'empara du journal et poursuivit la lecture à sa place : « La direction du lycée de Norton Breton se refuse à tout commentaire. Mais Jay LeClair, un camarade de classe de Daniel, a déclaré : "Beaucoup de parents enlèvent leurs enfants de l'école. Ici, c'est assez courant. Les professeurs nous autorisent à rattraper le travail. Mais après le feu de forêt, Danny a pris du retard, comme nous tous d'ailleurs. Cependant, c'est un garçon brillant... Enfin, il l'était. On ne sait pas ce qu'il lui est arrivé à New York. On pensait tous qu'il allait devenir météorologue. Il avait pour projet de faire de la surveillance incendie et de calculer l'arrivée des orages pour aider les sylviculteurs. Je suppose qu'il ne le fera pas maintenant qu'il a disparu..."

— C'est donc *ça* sa mission ? interrogea Catherine.

— Peu importe ces ragots, grommela Lizzie en levant un sourcil. (Elle repoussa le tabloïd.) Raconte-moi plutôt ce qui s'est passé avec Christy. »

La gorge de Catherine se serra. Elle abaissa les yeux sur les photos qui s'étalaient à la une de la presse. La tension qui se lisait sur le visage de Christy était pénible avoir.

« Je lui ai tout dit.

— Quoi exactement ?

— Que nous avions aidé son fils du mieux possible. Il a vu l'étiquette de ta boutique dans le chapeau de Danny.

— Était-il furieux ?

— Oui et bouleversé aussi ! J'aurais préféré... »

Elle s'interrompit et s'empara à nouveau du journal. Elle lissa les pages pour mieux discerner les traits de Christy.

« J'aurais préféré ne pas le blesser, acheva-t-elle.

— Tu ne peux pas contrôler ce que fait ou ce que veut Danny, rétorqua Lizzie. Après tout, ce sont ses affaires... »

Catherine se redressa vivement.

« Si tu avais vu son regard quand je lui ai avoué la vérité ! Il était choqué. Il me faisait confiance.

— Danny aussi.

— Comment deux personnes qui tiennent autant l'une à l'autre peuvent-elles avoir autant de mal à se comprendre et à se parler ?

— Tu veux dire Danny et Christy ? »

Catherine opina, rougissante. À qui d'autre aurait-elle pu faire allusion ?

« Cela arrive tout le temps dans les familles, renchérit Lizzie. Lucy et moi sommes en conflit au moins une douzaine de fois par jour. Quand je fais du porridge, elle veut des cheerios. Elle désire mettre ses chaussettes bleues quand j'ai oublié de les laver et elle a toujours envie de courir dans le parc quand je rêve d'aller manger des pop-corn au cinéma. L'amour est parfois cauchemardesque.

— On n'est pas dans une histoire de porridge ou de cheerios.

Je sais. Le problème, c'est l'avenir de la plantation. C'est le drame d'un jeune garçon qui a rompu avec son père et celui d'un forestier silencieux qui ferait mieux de communiquer davantage avec son fils. Mais je te l'affirme, ce genre de choses est très fréquent, même si ça ne prend pas toujours la même forme.

— Pourquoi est-ce toujours pire au moment de Noël ? demanda Catherine, l'œil rivé sur les guirlandes colorées qui clignotaient autour du miroir et les dessins de Santa Claus et de sapins qui décoraient les fenêtres du restaurant.

221

« — Parce que les enjeux sont plus grands.

— On dirait que tu parles du casino !

— C'est exactement ça ! On parie tous sur l'amour et le bonheur. Et sur les gens qui nous sont les plus chers. On est toujours persuadé d'avoir tout compris, d'avoir gagné, mais quand ceux qu'on aime du fond du cœur nous abandonnent, on a l'impression d'avoir perdu la partie. Regarde ce qui s'est passé avec le père de Lucy. »

Catherine approuva d'un signe de tête en pressant tendrement la main de son amie. Lizzie était tombée amoureuse d'un homme qui vivait à Chelsea, un banquier de Wall Street nommé Richard Thorndike. Inspirée par l'image qu'elle avait de Brian, elle avait ouvert son cœur à cet adepte du libre-échange et, à sa demande, avait décoré le loft qu'il venait d'acheter sur la 14e Rue. Ce devait être l'appartement de leurs rêves. Passionnée, Lizzie lui avait tout donné. Quand elle s'était aperçue qu'elle était enceinte, elle avait bondi de joie. Mais Richard Thorndike ne l'avait pas entendu de cette oreille. Il avait demandé aussitôt sa mutation à Londres, où il résidait encore aujourd'hui.

« Pour sûr que j'ai perdu mon pari ! ironisa Lizzie. J'aurais mieux fait de prendre le bus pour Atlantic City et de jouer toutes mes économies à la roulette. Du coup, je me suis retrouvée avec Lucy.

— D'une certaine façon, tu as gagné !

— Ouais, mais je me suis sentie trahie par l'amour. J'avais l'impression que le monde entier s'était moqué de moi. »

Catherine risqua un bref regard par la vitre. La neige avait cessé et un coin de ciel bleu apparaissait entre les nuages. La température avoisinait de zéro. En se tordant le cou, elle parvint à discerner Christy, debout devant son stand. Il continuait son travail stoïquement, tentant de regagner ce qu'il avait perdu.

« J'imagine que c'est ce que tu as éprouvé quand Brian est mort, n'est-ce pas ? Et ce que tu ressens, à chaque Noël, en ne le voyant pas revenir ? » insista Lizzie.

Les paroles de Christy surgirent dans l'esprit de Catherine.

« Peut-être ne suis-je pas sensée le voir ? murmura-t-elle. Si j'apercevais son fantôme, je souhaiterais sans doute le suivre, m'envoler avec lui.

— Je croyais que c'est ce que tu désirais? »

Lizzie la contempla d'un œil médusé.

« Moi aussi », répondit distraitement Catherine sans quitter la fenêtre du regard.

Danny grimpa dans sa cachette qui surplombait le parc. Il ne neigeait plus et l'horizon était dégagé mais il savait qu'une autre tempête se préparait. Au fond, le temps n'était rien de plus que des molécules en collision : un peu comme les familles. Un ciel bleu ne voulait pas dire calme plat et des nuages cotonneux n'annonçaient pas spécialement de fortes précipitations.

À cet instant, Penelope tira sur la corde qu'il avait installée déclenchant le tintement de la cloche. Il courut au rez-de-chaussée et lui ouvrit la porte.

« As-tu vu les journaux? lui demanda-t-elle tandis qu'ils remontaient ensemble l'escalier en colimaçon.

— Comment aurais-je pu les rater?

— Mon père a piqué une crise et m'a interdit de sortir.

— C'est vrai?

— Oui, je suis censée ne pas bouger de ma chambre, mais il fallait que je te parle. Il a dû déjà probablement appeler les flics, Danny. Ils seront là d'une minute à l'autre. Tu devrais partir avant qu'ils t'arrêtent. »

Danny respira un grand coup et passa son bras autour de ses épaules.

« Ils ne m'auront pas, fanfaronna-t-il.

— Papa va te faire virer. Il clame sur tous les tons que tu as trompé sa confiance, que tu as postulé pour le poste avec de fausses références.

— J'ai donné mon vrai nom de famille!

— Oui, mais il croyait que tu te prénommais Harry. »

Un sourire ironique étira les lèvres de Danny. Il songea brusquement à Catherine. Elle aurait apprécié cette blague.

« Ce n'est pas seulement ça. Tu as donné une adresse bidon à Chelsea. Mon père est membre du conseil d'administration de la commission de surveillance de Central Park.

Il ne t'aurait jamais recommandé pour ce boulot s'il avait su que tu étais un fugueur.

« Toi, tu le savais, susurra Danny en resserrant son étreinte.

— Bien sûr. (Elle lui sourit.) Mais j'ai grandi protégée des réalités et j'ai toujours adoré les destins dramatiques. Ta vie est une magnifique succession de malchances. »

Le visage de Danny se ferma.

« Tu te trompes complètement. J'ai eu une enfance très heureuse et ma famille est formidable. C'est juste que... nous sommes des molécules en collision.

— Danny, les êtres humains ne sont pas des nuages. Moi aussi, j'ai étudié la physique et les sciences naturelles. Tu n'es pas de la vapeur, ton père non plus.

— C'est la façon dont tu as prononcé le mot "malchance". C'était comme si... je ne sais pas, comme s'il me maltraitait. C'est faux. À la limite, c'est même plutôt l'inverse, expliqua Danny en se souvenant du regard blessé et désespéré qu'avait eu Christy, la veille au soir.

— Je ne voulais pas parler de maltraitance. Je pensais au fait que tu avais perdu ta mère,

226

que tu viens du Nord, où il fait très froid. Tu as grandi dans une ferme, au milieu de la boue. Et surtout sans taxis jaunes. Moi, j'appelle ça un manque de bol ! »

Il éclata de rire et elle se joignit à lui.

« Ouais, tu as sans doute raison », chuchota-t-il en lui lissant les cheveux.

Penelope sentait le parfum. Il n'en connaissait pas la marque, mais ça sentait rudement bon. Quand il le respirait, il avait les jambes toutes molles.

Soudain, des sirènes hurlèrent dans le lointain. Danny sursauta et Penelope se rua vers la fenêtre de la tour. Il la rejoignit d'un bond. Le parc s'étendait autour d'eux, une verte étendue boisée cernée par les contours de la ville.

Danny ne pourrait jamais assez remercier Penelope – ou son père. Depuis presque un an, il rêvait d'être homme de ménage au Belvedere Castle : un poste en or pour un garçon comme lui. Généralement, on embauchait un élève d'une des écoles de New York, mais comme Danny avait la qualification requise et préparait son examen d'entrée à l'université, on avait fait une exception. Son salaire était de cent dollars pour deux semaines. En échange, il devait veiller à remplir les présentoirs de prospectus, balayer ceux que les gens avaient jetés par terre, épousseter les corniches et vider les corbeilles à papier.

Le Belvedere Castle avait été bâti par Frederick Law Olmsted et Calvert Vaux au XIXᵉ siècle et, avec ses arches et ses tourelles, son élégante rotonde et sa haute tour surmontée d'un drapeau, il ressemblait à un château gothique miniature. Danny s'était aperçu qu'on le voyait de tous les bâtiments bordant le parc, y compris de l'appartement de Penelope et de la bibliothèque de Catherine. Il était perché au sommet de la falaise de Vista Rock, qui plongeait abruptement dans la Turtle Pond. Sa terrasse attirait de nombreux promeneurs, des amoureux de la faune et de la flore. Durant l'été et l'automne, Danny s'était joint à cette foule de passionnés qui se réunissait tous les matins d'octobre pour observer les rapaces migrateurs. Danny leur empruntait leurs jumelles et admirait au-dessus de sa tête le vol des faucons, des aigles, des crécerelles et des buses à queue rouge. Sa gorge se serrait en se demandant lequel de ces oiseaux venait de Cape Breton.

Ces prédateurs étaient des messagers de l'hiver ; leur apparition dans le ciel signifiait que son père et sa sœur n'allaient pas tarder à arriver. Heureusement, son travail le distrayait de ces pensées moroses. De sa cachette de Vista Rock, il pouvait surveiller tous les arbres du parc. Il contemplait le Ramble, le Stone Arch et le Tupelo Meadow. Il pouvait voir les orages gronder le long de l'Hudson, le soleil se lever sur l'East Side et étudier la météo aussi bien que n'importe quel météorologue. Le Belvedere Castle était son trésor, son jardin secret.

Les habitants de New York avaient souvent entendu ces quelques mots : « La température à Central Park est de... » La raison en était simple. Le Belvedere abritait également une des stations météorologiques du pays. Au départ, en 1869, tout se faisait manuellement. Un employé collectait les informations et les télégraphiait au Smithsonian, le National Museum of Natural History. Danny regrettait cette époque. Il aurait tout donné pour être celui qui relevait les températures, la vitesse des vents et leurs directions, la pression de l'air, les taux de précipitation ou d'humidité. Aujourd'hui, ces chiffres étaient transmis automatiquement par des capteurs informatisés. Installés sur le toit du château et dans une enceinte sécurisée située plus au sud, ces instruments envoyaient les valeurs à l'U.S. Weather Bureau de Brookhaven. En septembre dernier, Danny s'y était rendu, en empruntant la Long Island Rail Road. Son intention était de se faire embaucher pour lire les logiciels et, éventuellement, y apporter ses propres corrections. En le voyant débarquer, la réceptionniste avait souri et lui avait proposé de remplir un formulaire. Finalement, il avait rencontré monsieur Grant Jones, le responsable des relations humaines, qui lui avait expliqué que la plupart des stations actuelles étaient automatisées. Danny avait alors suggéré de faire de la surveillance incendie à Central Park, comme cela se pratiquait dans certains parcs nationaux canadiens. M. Jones l'avait remercié et lui avait déclaré que les Park Rangers et le New York City Fire Department contrôlaient les risques incendie grâce à l'informatique. Dans le train qui le menait à Penn Station, Danny en avait conclu qu'il aurait dû s'intéresser de plus près aux ordinateurs.

Brusquement, le son des sirènes se rapprocha. Par la lucarne du château, Danny vit des voitures de police remonter à toute allure la route de Vista Rock. Elles étaient encore assez loin et, en son for intérieur, il remercia la tour du Belvedere Castle qui lui permettait d'avoir une vue imprenable sur des kilomètres alentour.

« Oh mon Dieu! s'exclama Penelope. Mon père les a vraiment appelés.

— Ils ne me trouveront pas, l'assura Danny. Tout ce qu'ils savent, c'est que je travaille ici. Ils ne grimperont pas à l'échelle.

— Bien sûr que si! gémit Penelope. Papa m'a demandé où tu dormais. Je ne voulais pas lui dire mais...

— Tu n'as pas eu le choix... Je comprends. »

Son estomac était plus lourd que du plomb, mais il ne voulait pas aggraver son malaise.

« Il l'aurait découvert d'une façon ou d'une autre, Danny. Sinon...

— Je dois m'en aller. »

D'un geste vif, il s'empara de son sac à dos,

de l'appareil photo de Catherine ainsi que du dossier enfermant les clichés qu'il avait pris pour le projet « Look-Up ». Dans sa hâte, il laissa échapper la chemise, qui s'ouvrit brusquement, projetant au sol une poignée d'images. C'était la reproduction des cloches qui avaient tellement intrigué M. Rheinbeck. À la demande de Catherine, Danny était retourné les photographier. Comme il tenait absolument à les lui donner, il prit deux ou trois secondes de trop pour les ramasser.

« Va-t'en ! Vite ! le pressa Penelope, l'œil collé à la vitre. Ils vont t'arrêter.

— Jamais ! »

Danny la saisit dans ses bras et l'embrassa comme s'il pensait ne plus la revoir. Ils se trouvaient dans la chambre secrète, juste au-dessus du dernier étage de la tour. Danny y dormait depuis plusieurs mois. Au fond, il avait le sentiment que s'il se tenait tranquille quelques minutes, la police passerait sans le voir. En dépit du projet idéaliste de Catherine, les citadins ne savaient pas lever la tête. Chez lui, comme chez tous les campagnards, cette habitude était une seconde nature. Cependant, par mesure de précaution, il se mit à gravir la vieille échelle qui menait au sommet de la tour. C'est ce que devaient faire les météorologues en 1869, pensa-t-il. Arrivé au dernier barreau, il se hasarda sur le toit. Les ardoises étaient glissantes à cause de la neige. Tout ce qu'il pouvait faire, c'était de rester concentré et de s'assurer des prises régulières, comme lorsqu'il faisait de la varappe en Nouvelle-Écosse. Ce n'était pas la première fois qu'il tentait l'expérience. À l'automne dernier, par une nuit de pleine lune, il avait dû se réfugier au même endroit pour échapper à des gardes forestiers qui poursuivaient une chouette dans le beffroi. Bien sûr, à cette époque, les tuiles n'étaient pas enneigées... Soudain, il entendit des voix accompagnées du grésillement d'une radio. Les policiers se rapprochaient. Agrippé aussi solidement que possible, il s'imagina qu'il escaladait un arbre. À Cape Breton, il aimait se balancer de branche en branche. Dans les feuillages touffus, il se sentait comme chez lui, aussi à l'aise qu'un oiseau. Son amour pour la nature coulait dans ses veines. Cela lui venait de son père... C'était à cause de lui qu'il avait tellement envie d'apprendre la météo, de protéger les arbres des cataclysmes naturels. Cette pensée l'arrêta dans son élan. Il revit le visage de Christy, ses traits tordus par le chagrin et comprit que son rêve était en train de tuer son père.

À cet instant, il entendit un cri monter du sol. Il baissa les yeux – le parc semblait onduler sous lui. Son corps oscilla. Avait-il déjà grimpé aussi haut ? En dépit de sa témérité, Danny sentit son cœur se serrer. Vu le froid, il y avait peu de monde dans Central Park, mais il distingua plusieurs personnes rassemblées au bas de la tour. Certaines pointaient leurs doigts dans sa direction. « Ne saute pas ! », entendit-il hurler.

Pensaient-ils qu'il voulait se suicider ? *C'est l'inverse,* voulut-il crier. *Aimez la vie !*

Brusquement, il perdit l'équilibre. Ses mains cherchèrent désespérément une prise, mais son corps semblait irrésistiblement attiré vers le vide. Il se mit à glisser le long de la pente, s'égratignant la peau sur les ardoises pointues, s'agrippant aux bardeaux. Son corps rebondissait... Soudain, il sentit l'air sous ses pieds. Ses doigts s'accrochèrent comme par miracle à un vieux crochet rouillé. Il resta ainsi de longues minutes, se balançant doucement à la force des poignets. Ça va aller, tout va s'arranger, se dit-il, le front trempé de sueur. Peut-être qu'en laissant tomber le sac à dos... Avec précaution, il s'en débarrassa et, quelques secondes plus tard, il l'entendit s'écraser au sol dans un bruit mat. Cramponné au crochet, il tenta de se hisser à nouveau sur le toit, avec le plus de précaution qu'il put. Son dos lui faisait mal. S'il parvenait à remonter ses jambes, il pourrait aisément rejoindre le sommet. Il pouvait y arriver. Il le devait. Il était Harry Houdini. Mais à cet instant, l'anneau de métal fit entendre un horrible craquement et céda sous son poids. Il poussa un hurlement et planta ses ongles dans l'arête d'une gouttière, mais la glace était trop glissante. Tout se passa très vite. Il eut le temps d'entendre le cri de Penelope avant de dégringoler le long de la fenêtre, du sommet du Belvedere Castle.

XI

Le 911 reçut douze appels émanant de promeneurs qui déclaraient avoir vu un jeune garçon s'apprêtant à sauter du Belvedere Castle. Aucune autre possibilité ne leur était venue à l'esprit pour expliquer qu'un jeune adolescent ait pu grimper volontairement sur le toit enneigé de la tour, en plein midi, une semaine avant Noël. Les policiers, qui étaient déjà sur les lieux, à la recherche d'un fugitif, firent irruption dans la chambre secrète et découvrirent une fille en larmes qui serrait contre son cœur une photographie représentant des cloches en pierre. Des officiers se penchèrent par la fenêtre et fouillèrent du regard le pied de la falaise déjà plongée dans la pénombre. Le Turtle Pond était gelé et, entre les plaques de glace, on apercevait çà et là, des touffes d'herbes folles. Il ne leur fallut pas longtemps pour évaluer la situation. Sans oser l'avouer à voix haute, ils cherchaient à distinguer le corps sans vie du garçon.

« Il est mort, chuchota l'un d'eux à son collègue, en prenant garde de ne pas être entendu par Penelope. Ça fait une sacrée chute.

— Ça doit être à cause de Noël. C'est le deuxième suicide de la semaine.

— Ouais, c'est la période la plus dure de l'année.

— Tant que c'est pas moi qui l'annonce à ses parents... »

Les secouristes arrivèrent quelques minutes plus tard. Après avoir traversé en courant la terrasse du château et contourné le parapet en pierre, ils rejoignirent l'endroit où le corps de l'adolescent avait dû atterrir. Il s'agissait d'une sorte de cul-de-sac où l'on entassait l'excédent de neige sale retirée des artères principales du parc.

« Hé, cria un policier du haut de la tour. (Il agita le bras frénétiquement par la fenêtre.) Il y a un trou sur cette butte, juste là. »

Plusieurs sauveteurs escaladèrent le monticule. L'officier avait raison – on voyait la forme d'un corps sculptée au sommet. Les hommes appelèrent du renfort et, par radio, réclamèrent qu'on leur envoie des pelles. En attendant, certains se mirent à creuser avec leurs mains. Personne n'osa le formuler clairement mais tous savaient qu'il n'était pas question d'une opération de sauvetage. C'était une mission d'identification. Vu la hauteur de la tour, le garçon avait dû faire une chute de plus de cent vingt mètres. Il n'avait pas pu s'en sortir indemne. Pourtant, ils se mirent au travail de toutes leurs forces, comme si la vie de ce gamin en dépendait.

Parmi tous les médias, ce fut la télévision qui arriva en premier sur les lieux. La fille était en état de choc, le corps du garçon n'avait toujours pas été dégagé et il n'y avait aucun indice pour l'identifier. Cependant, de nombreux badauds racontaient volontiers comment ils avaient vu une silhouette basculer du toit.

« Il a sauté, sanglota une femme, le visage ruisselant de larmes, puis il a paru changer d'avis au dernier moment. Il a cherché à s'agripper à tout ce qu'il pouvait trouver. Il a chancelé, là, juste sur le rebord. C'était affreux. »

Les caméras firent d'abord un plan large sur le château, la falaise, filmèrent les témoins puis zoomèrent sur le seul indice qui permettrait peut-être de connaître l'identité de la victime : une photographie de cloches. Les officiers de police déclaraient l'avoir ôtée des mains de la jeune fille qui sanglotait ces quelques mots : « Il croyait qu'il était un nuage. »

Sylvester Rheinbeck Jr. était dans son bureau et regardait NY1, comme il le faisait pratiquement tous les après-midi. Il appréciait particulièrement l'émission quotidienne consacrée à l'immobilier qui mettait l'accent à chaque fois sur un bâtiment de la ville. Souvent, il s'agissait de l'un des siens et cela exaltait son sentiment de puissance et de richesse. Mais aujourd'hui, son attention fut attirée par le flash spécial qui faisait état du suicide d'un jeune garçon du haut du Belvedere

Castle. Il écouta attentivement tandis que la caméra s'attardait sur la photo en noir et blanc d'une sculpture en pierre. Cette image lui parut familière. Il s'approcha du poste de télévision. Il avait vu ce cliché peu de jours auparavant... Il lui semblait encore entendre le lyrisme de son père quand il parlait de son projet. Sylvester monta le son.

« La police possède pour l'heure peu d'informations sur celui que l'on surnomme déjà "L'enfant nuage". C'était apparemment un habitué du Belvedere Castle, un inconditionnel de la station météo installée au sommet de la tour. Certains témoins affirment qu'il s'agissait d'un étudiant en météorologie, d'autres que... »

« *La météorologie!* » murmura Sylvester à voix haute tandis qu'un gros plan des cloches apparaissait à l'écran.

Le puzzle se mettait en place. Il s'élança dans le couloir en direction du bureau de son père. Le vieil homme n'était pas là. L'immense pièce était vide. D'un rapide coup d'œil, il embrassa le mobilier en acajou, les assiettes et les pots en argent – autant de récompenses que le vieux Rheinbeck avait reçues pour ses programmes humanitaires – et le splendide panorama qui s'offrait derrière la baie vitrée. C'était vraiment la plus belle vue de l'édifice. D'où il se tenait, Sylvester apercevait le drapeau qui flottait au milieu de Central Park, marquant l'emplacement du Belvedere Castle.

Il emprunta l'ascenseur privé qui conduisait à la bibliothèque. Comme il s'en était douté, son père était là, assis devant une table avec Catherine. Ils étaient plongés dans l'examen de photographies et de planches contact. La bouche de Sylvester se crispa. Ce qu'il s'apprêtait à faire ne lui causait aucun plaisir mais il désapprouvait la prodigalité de son père, la légèreté avec laquelle il dépensait l'argent de la société. Et il en voulait à Catherine d'avoir refusé son invitation à dîner, peu après la mort de son mari. Il pénétra dans la pièce d'un pas assuré et se dirigea droit sur un petit poste de télévision dissimulé dans un renfoncement du mur. Catherine ne l'utilisait que pour visionner des vidéos relatives aux projets Rheinbeck. Sylvester l'alluma sur NY1. Quand il releva la tête, il vit que son père avait l'air ennuyé. Catherine était resplendissante comme toujours mais elle semblait perdue dans ses pensées. De toute évidence, elle n'avait pas le cœur à l'ouvrage.

« Que fais-tu ? interrogea le vieux Sylvester.

— Te souviens-tu de ces livres étranges que quelqu'un a oubliés sur l'étagère ? riposta aussitôt son fils en dardant un regard pénétrant sur Catherine. Ceux à propos desquels tu m'as interrogé ?

— Les ouvrages sur la météo ? Oui, je me rappelle avoir repris espoir en les voyant. J'ai pensé que tu commençais peut-être à t'intéresser à autre chose qu'aux taux préférentiels. »

Sylvester Jr. ne fit aucun commentaire. Il monta le volume et laissa le journaliste télé expliquer les choses à sa place. Les informations reprenaient en boucle le fait divers qui venait de se produire à Central Park. Elles diffusèrent des vues du château, les témoignages de la police et des secouristes rassemblés autour d'un monticule de neige. Aux dernières nouvelles, le corps du garçon tombé de la tour n'avait pas encore été retrouvé. Certaines rumeurs prétendaient qu'on le voyait souvent traîner autour de la station météo du Belvedere Castle.

« Danny ! » cria Catherine en sautant sur ses pieds.

Sylvester la vit porter une main à sa bouche. À sa grande surprise, son père se leva à son tour et passa un bras autour de sa taille pour la soutenir. La caméra fit un gros plan de l'indice trouvé dans la chambre secrète : un cliché en noir et blanc représentant deux cloches sculptées dans la pierre, liées à leur sommet par un ruban de granit.

« Non, non, Danny ! » hurla Catherine.

Devant ce cri de douleur, le corps de Sylvester sembla se recroqueviller. Il n'avait pas souhaité lui faire autant de mal. Il tenta de croiser le regard de son père, mais le vieil homme fouillait frénétiquement un dossier ouvert sur la table. Quelques secondes plus tard, il brandit une photo qui ressemblait comme deux gouttes d'eau à celle affichée sur l'écran. Son regard doux et compatissant se posa sur Catherine et, d'un signe du menton, il l'autorisa à quitter la pièce. Elle s'élança vers la porte, laissant les deux hommes face à face.

« Je ne sais pas ce qu'il se passe... commença Sylvester Jr.

— Moi, j'ai compris, riposta son père. Tu as voulu démasquer Catherine devant moi en me montrant le lien qu'il y avait entre ces ouvrages scientifiques et la photographie des cloches. Je suis déjà au courant, Sylvester. Je sais qu'elle a laissé un jeune homme utiliser cette bibliothèque.

— Vraiment ? Tu le savais ?

— Bien sûr. Teddy, l'agent de nuit de sécurité a visionné les bandes vidéo. Il m'en a informé.

— Et comment s'est défendue Catherine ?

— Je ne lui en ai pas parlé.

— Mais pourquoi ? »

Le vieux Rheinbeck plissa les yeux, ôta ses lunettes et sortit un carré de feutre orange de sa poche pour les nettoyer. Sylvester sentit sa gorge se nouer. Il avait cinquante-quatre ans et toute sa vie, il avait vu son père faire ce geste lorsqu'il voulait éluder les questions embarrassantes. Il se souvenait, par exemple, du jour où à sept ans, il lui avait demandé de l'accompagner bivouaquer à Adirondack. Au lieu de répondre qu'il était trop occupé, ce dernier s'était contenté d'astiquer ses verres. Quand la société avait eu des billets pour la saison des Yankees, et qu'il l'avait supplié d'assister, pour une fois, à un match avec lui, son père s'était mis à nouveau à polir ses lunettes.

Voilà que cela recommençait. Sylvester soulevait un point important et on le faisait taire avec un petit morceau de tissu.

« C'est contraire au règlement, avertit-il doucement. Cela fait partie de notre contrat d'assurance. Catherine est notre employée. Comment pouvons-nous lui faire confiance si elle se permet d'introduire des étrangers ici, après les heures de bureau ? Et si elle dérobait des livres, des fonds ou des secrets industriels ? Certains de ces ouvrages ont une valeur inestimable.

— Je ne l'ignore pas. Je te rappelle que la plupart ont été acquis par mon grand-père...

— Alors, tu le sais.

— Ce que je sais, mon fils... » commença le vieillard en s'éclaircissant la gorge.

Il semblait incapable de parler. Sylvester le vit chercher frénétiquement son carré de feutre avant de suspendre son geste. Ses yeux bleus délavés se remplirent de larmes.

« Père... »

Sylvester le regarda, sidéré.

Le vieux Rheinbeck posa sa main noueuse sur l'épaule de son fils. Le soleil couchant dardait ses derniers rayons sur les fenêtres orientées au nord-ouest, projetant de longues ombres sur le parc.

« Ce que je sais, c'est qu'un jeune garçon semble avoir perdu la vie. Et qu'il a l'air de compter pour Catherine Tierney. Voilà la seule chose importante, Sylvester.

— Oui, mais...

— Tout ce que je peux te dire, c'est que cela me pousse à réfléchir. Cela me fait penser à toi.

— À moi ?

— Si tu avais été victime d'un tel accident, j'en aurais eu le cœur brisé. Les mots sont vains dans ce genre de situation. Essayons d'avoir une pensée pour ce gamin et sa famille, veux-tu ? Si c'est un ami de Catherine, alors c'est aussi le nôtre. »

Sylvester Jr. baissa les yeux sur la photo des cloches. Son sentiment de honte était trop lourd à porter.

Catherine passa sans ralentir devant la chorale qui chantait *Adeste Fideles* dans le hall de la tour Rheinbeck et déboucha sur le trottoir grouillant de passants qui faisaient leurs derniers achats de Noël. Elle marqua un temps d'arrêt. Elle pensa d'abord courir dans Central Park, au Belvedere Castle. Elle voulait être présente quand on retrouverait Danny. Mais, sans doute, serait-elle une gêne pour les sauveteurs... Alors, elle dirigea ses pas vers le métro avant de faire demi-tour quelques mètres plus loin. Elle ne pouvait pas se permettre de perdre du temps. Elle hésita puis prit une brusque décision.

« Taxi ! » cria-t-elle, en levant un bras impérieux.

Un véhicule jaune freina à sa hauteur sur la Cinquième Avenue.

« Déposez-moi à l'angle de la Neuvième Avenue et de la 22e Rue », lança-t-elle en hâte au chauffeur.

C'était l'adresse du stand de Christy. La voiture démarra et se faufila dans la circulation. Le cœur de Catherine battait si fort qu'elle avait l'impression qu'elle allait s'évanouir. L'homme assis derrière le volant ne lui jeta même pas un coup d'œil. Pourquoi l'aurait-il fait ? Elle n'était qu'une cliente comme les autres, pressée d'arriver à destination. Comment aurait-il pu savoir que c'était une question de vie ou de mort ?

Que dirait-elle à Christy ? Elle ne l'avait pas revu depuis le soir où il avait quitté, bouleversé, sa maison de Cushman Row. Elle n'était même pas certaine qu'il accepterait de lui parler. Mais il devait l'écouter : il fallait qu'elle le prévienne. Peut-être se trompait-elle ? Peut-être ne s'agissait-il pas de Danny ? Pourtant, au fond d'elle, elle en était certaine. Lorsqu'il apprendrait la nouvelle, Christy en mourrait.

Quand le taxi s'arrêta enfin au coin des deux rues, elle vit qu'il était déjà parti. Le stand était éteint. On l'avait probablement averti. Voyant que le chauffeur s'apprêtait à couper son compteur, Catherine s'exclama :

« Non, pas ici. Continuez de rouler.

— Dans quelle direction ? »

Elle avait prévu de lui donner son adresse dans Cushman Row, mais les mots jaillirent de sa bouche sans qu'elle ait pu les retenir.

« Église Sainte-Lucy. Pas très loin d'ici.

— Oui, je la connais, répondit l'homme. Elle est sur la Dixième Avenue. »

Il fit le tour du pâté de maisons et stoppa devant l'édifice. Catherine resta sans bouger de longues minutes, hésitant à descendre de la voiture. Le cœur tambourinant, elle regarda fixement la bâtisse en grès rose surplombée d'un clocher carré, de laquelle elle avait trop exigé autrefois.

« Ça va, jeune dame ? » s'inquiéta le chauffeur.

Elle ne répondit pas et lui paya la course.

Lizzie et Lucy étaient agenouillées au fond de l'église. Seule une lueur bleutée hivernale filtrait à travers les vitraux, trouant la pénombre. Il n'y avait personne autour d'elles, à l'exception de l'organiste qui jouait des cantiques de Noël dans la galerie. Une odeur d'encens, vestige subtil de l'office qui venait de s'achever, flottait dans l'air. Cela rappelait les cadeaux des Rois mages venus rendre hommage au Sauveur. La crèche se trouvait sur l'autel et Lizzie eut l'impression que Lucy adressait directement ses prières au petit Jésus – comme dans un dialogue exclusif d'enfant à enfant. À la minute où Lizzie avait entendu la nouvelle de l'accident dans le parc, elle avait couru chercher sa fille. Elle ne voulait pas qu'elle apprenne la mort de Danny par une autre bouche que la sienne.

Lucy se mit à tousser, incommodée par la fumée. Ses yeux s'embuèrent.

« Tout va bien ? s'enquit Lizzie.

— Est-ce que Harry va s'en sortir ? » demanda la fillette en dardant un regard inquiet sur sa mère.

Mon Dieu, comment répondre à cela ? Lizzie garda la tête baissée, histoire de gagner du temps. Lorsque Lucy avait trois ans, elle avait dû lui expliquer la maladie puis le décès d'oncle Brian. À l'époque, elle avait élaboré toute une histoire parlant de paradis, de bonheur éternel et de chœurs célestes. La curiosité de sa fille était insatiable et elle ne comptait plus les nuits où elle l'avait tarabustée de questions embarrassantes telles que : « Où est le paradis, maman ? Tu peux me le montrer sur une carte ? » Aucune réponse ne la satisfaisait totalement : « C'est mieux que d'aller au parc ou sur le ferry de Staten Island ? » ajoutait-elle avant de demander où se trouvait *l'ange gardien* d'oncle Brian. « S'il existe, pourquoi n'est-il pas venu l'aider quand il est tombé malade ? » Sa conclusion était restée sans appel : « Ça ne sert à rien un ange gardien qui ne fait pas son travail. »

« Alors, Maman ? » chuchota Lucy.

Cette fois, Lizzie était à court d'explications. Les volutes d'encens épaississaient l'air. Agenouillée près de sa fille, elle enfouit son visage entre ses mains et laissa couler ses larmes. Danny était si jeune. Il avait réveillé la part de rêve qui sommeillait en elle et Catherine. Ses yeux pétillants, la force de ses désirs. Elle l'imaginait debout, sur le toit, à des centaines de mètres au-dessus du sol, essayant de toucher le ciel. Elle pensa à Catherine, à la façon dont il l'avait ramenée à la vie. Un peu comme dans ces miracles dont la ville de New York était coutumière. Catherine avait perdu la foi. C'était aussi simple que cela. La disparition de Brian l'avait brisée. Elle s'était recroquevillée sur elle-même, avait cessé de croire, de croire en la bonté et à l'amour. Et puis Danny était arrivé... Puis Christy et Bridget. Lizzie avait vu sa meilleure amie s'ouvrir à la famille Byrne, s'efforçant de la réunir.

« Oh, Danny! » sanglota-t-elle.

Lucy lui prit la main et la serra fort. Elles restèrent un long moment ainsi, priant en silence pour le jeune garçon qui avait toujours su s'échapper. Jusqu'à aujourd'hui. La voix de Lucy s'éleva dans la nef.

« Oncle Brian prendra soin de lui, n'est-ce pas? »

Lizzie hocha la tête. Alors qu'elle se tournait vers sa fille, elle vit que cette dernière contemplait fixement un point derrière son épaule.

« Maman! » chuchota Lucy en la tirant par la manche.

C'était Catherine.

Elles la suivirent des yeux tandis qu'elle émergeait du voile d'encens et progressait lentement vers le fond de l'église, en jetant des coups d'œil hagards autour d'elle. On avait l'impression qu'elle ne reconnaissait pas les lieux. À un moment, elle sembla sur le point de s'enfuir, mais finalement, avança d'un pas chancelant vers les bougies rouges qui scintillaient sur leur présentoir. On aurait dit qu'elle était attirée par quelque chose qu'elle était la seule à voir. Lizzie la vit se pencher, allumer un cierge puis tomber à genoux devant l'autel. Sa gorge se serra comme si son cœur l'obstruait. Elle avait toujours eu du mal avec les sentiments – probablement à cause de la trahison de Richard Thorndike – mais son amour pour Catherine était immense. L'essence même de leur amitié tenait entre les murs de cette église. Elles y avaient été baptisées, y avaient fait leur première communion ensemble. Catherine disait souvent en plaisantant que c'était ce jour-là que Lizzie s'était pris de passion pour les chapeaux en se fabriquant elle-même un voile avec du tulle bordé de paillettes argentées qu'elle avait achetées avec ses économies.

C'était la vérité.

C'était ici également que les deux filles avaient reçu la confirmation puis Catherine s'y était mariée. Lizzie avait été sa demoiselle d'honneur. Elle avait remonté cette même travée à ses côtés avant de la confier à Brian, le seul homme que Catherine se jurait d'aimer. Le jour des funérailles de son mari, elle avait réitéré cette promesse, en affirmant qu'elle ne croirait plus jamais à l'amour et ne pénétrerait plus jamais dans Sainte-Lucy. Lizzie avait prié pour que Catherine reconnaisse qu'elle avait eu tort – que l'amour n'était pas mort, qu'il ne mourrait jamais.

En regardant son amie, un vertige s'empara d'elle. À croire que sa prière silencieuse avait été exaucée. Catherine était agenouillée devant la statue de sainte Lucy, la tête courbée avec une ferveur intense. Lizzie ferma les yeux. Les visages du vendeur de sapins, de son fils et de sa fille lui apparurent brusquement. Ils avaient croisé la route de Catherine au moment où celle-ci en avait le plus besoin. « Faites que Danny ne soit pas mort » pria Lizzie. « Faites qu'il ait survécu et que sa famille soit réunie. » Dans le lointain, l'orgue jouait *Gloria in Excelcis Deo*. Alors, Lizzie s'adressa directement à Brian :

« Aide-la, murmura-t-elle. Aide-la maintenant. »

Comme hypnotisées, la mère et la fille contemplèrent longuement Catherine, son profil éclairé par l'océan de bougies, puis se tenant par la main, passèrent devant la crèche et gagnèrent discrètement la sortie.

XII

Lorsque Rip débarqua sur le stand pour annoncer la nouvelle à Christy, ce dernier sauta immédiatement dans la voiture de police qui démarra en trombe en direction du parc. Gyrophare allumé et sirènes hurlantes, ils slalomèrent au milieu de la circulation si dense en cette période d'avant Noël, jusqu'à la Huitième Avenue.

Christy avait l'impression qu'une main s'infiltrait dans son gosier et le secouait de l'intérieur. C'était comme si on lui avait arraché la peau, mettant à vif toutes ses terminaisons nerveuses. Rip lui parlait doucement, essayant de le réconforter. Christy entendait les mots, mais ils n'avaient aucun sens. Un garçon s'était caché dans un château, avait grimpé sur le toit et sauté dans le vide.

« Danny n'aurait jamais fait une chose pareille, riposta faiblement Christy.

— Il était cerné, coupa l'adjoint de Rip. Sa cachette avait été découverte. Il ne pouvait plus nous échapper, il a dû paniquer. Surtout s'il a volé cet argent.

— Hé », gronda Rip en le fusillant du regard.

Christy se moquait de ce qu'ils disaient. Même si Danny avait dérobé la caisse – il fallait qu'il sache que son père la lui aurait donnée de toute façon. C'était pour cela qu'il travaillait, pour offrir le meilleur à ses enfants. Soudain, il pensa à Bridget. Il l'avait abandonnée à la pension, sans une explication. Tout ira bien pour elle, se persuada-t-il. Pour l'instant, je dois m'occuper de Danny.

« Voilà le parc », annonça brusquement le collègue de Collins alors qu'ils atteignaient Columbus Circle.

Rip écrasa l'accélérateur. Bientôt, ils virent des rangées de camions de pompiers, des ambulances, d'autres voitures de police. Christy en eut le tournis. Le district de Cape

Breton ne possédait pas autant de véhicules de secours. Ils étaient tous venus pour Danny. Il reprit courage. Grâce à tous ces sauveteurs et à leur matériel sophistiqué et coûteux, son fils pourrait être sauvé. Il avait l'impression que sa gorge était à nu, écorchée. Toutes ces personnes essayaient de l'aider. Il observa leurs visages graves, leurs regards déterminés, leurs mâchoires serrées. Ils voulaient secourir un jeune garçon. Un adolescent en fugue, un gamin des rues, accusé d'avoir volé son propre père. Pour eux, il n'était pas important, alors qu'à ses yeux, il représentait le sel de la terre. Le soleil, la lune et les étoiles. Pour lui et pour Bridget, il était unique au monde. Peut-être aussi pour Catherine... La pensée fusa si vite dans son esprit qu'il faillit la manquer. Catherine avait veillé sur son fils pendant un an. Cette pensée le submergea un court instant puis s'évanouit comme elle était venue.

Au centre du parc, la route était si encombrée de secouristes et de pompiers que Rip fut contraint de s'arrêter. Il alluma sa sirène – un bref hululement aigu et sonore – et fit signe aux gens de dégager l'accès. Christy n'eut pas la patience d'attendre. D'un geste vif, il ouvrit la portière arrière et sauta sur le bas-côté.

« Christy, attendez! N'allez pas là-bas! », hurla Rip dans son dos.

Christy ne l'entendit pas. Il courait aussi vite qu'il le pouvait, fendant la foule. Voyant qu'une grande agitation régnait sur sa droite, il obliqua dans cette direction, quittant l'allée principale. Des branches nues lui griffèrent le visage. Il trébucha dans la neige, déchirant sa veste sur un bosquet d'ajoncs. Des lumières bleues et rouges miroitaient entre les arbres, irisant les espaces enneigés. Malgré le nombre de gens qui s'affairaient, il régnait un étrange silence. Personne ne parlait. C'était normal puisqu'on s'apprêtait à déterrer le cadavre d'un jeune garçon.

Le cœur de Christy cognait à tout rompre. Il n'avait qu'une seule envie : retrouver Danny et le serrer contre lui une fois encore. L'air embaumait le pin et l'écorce humide. On se serait cru à la maison. La couche de neige était si profonde qu'il s'enfonçait dedans jusqu'aux genoux. Qui aurait pu croire qu'on se trouvait en plein cœur de New York? Il fallait toujours faire confiance à Danny pour dénicher un coin de nature. Comme pour le reste d'ailleurs. C'était Danny qui l'avait entraîné ici, malgré lui : dans ces larges prairies ouvertes sur le ciel, dans cette forêt urbaine où les chouettes hululaient au sommet des arbres. Danny avait su trouver ce dont il avait besoin pour survivre un an, loin de sa famille. Catherine. Elle l'avait soutenu.

La poitrine de Christy se serra. Il poursuivit péniblement sa route en trébuchant dans la neige. Bientôt, il discerna le château devant lui, cerné par une armée de secouristes. Des plongeurs se tenaient sur la rive du Turtle Pond, attendant l'ordre de remplacer leurs collègues qui sondaient le fond du lac. La police avait dressé un périmètre de sécurité – il vit les bandes jaunes et la rangée d'officiers. Il ne s'arrêta pas, et sans même ralentir, les bouscula d'un coup d'épaule. Lorsqu'un des agents abattit sa main sur lui, il le repoussa violemment comme on le ferait d'un moustique importun. À quelques mètres, il distingua un énorme monticule de neige en haut duquel des hommes travaillaient, pelles et pioches à la main. Il escalada un rocher et grimpa sur le talus. Deux policiers le ceinturèrent par-derrière, mais il se libéra d'un geste brusque.

Rip hurla des mots indistincts. Christy enregistra la voix familière, mais plus rien ne pouvait l'arrêter. Il parvint tant bien que mal au sommet de la butte et baissa les yeux. On apercevait encore la forme d'un trou, mais les parois latérales s'étaient affaissées, recouvrant le corps qui se trouvait en dessous. Des traces de sang maculaient la neige. Le sang de Danny.

Tout le monde lui criait de partir – il les entendait vaguement – mais plus ils s'égosillaient, plus le calme l'envahissait. Quand Christy Byrne se mit à creuser pour déterrer le corps de son fils, il était aussi silencieux que la forêt hivernale. Aussi silencieux que la colline sur laquelle il faisait pousser ses arbres et élevait ses enfants. Aussi silencieux que la baie glaciale de Cape Breton, noyée sous les aurores boréales. Aussi silencieux que toutes ces choses réunies.

Il creusait.

Il faisait froid dans l'église.

Sainte-Lucy n'était pas une paroisse bien riche et le prêtre faisait des économies en n'allumant le chauffage qu'à l'occasion des messes. L'encens qui flottait dans l'air fit tousser Catherine. Elle était agenouillée devant les cierges, chauffant son visage et ses mains jointes devant les flammes. Pourtant, elle tremblait de tout son corps. La situation était tellement étrange. Qu'est-ce qui l'avait attirée dans cet endroit qui avait autrefois tant compté pour elle, ce lieu qui avait symbolisé l'espoir, la croyance dans les miracles ? Catherine avait mené une vie heureuse, bénie entre toutes. Elle avait eu des parents aimants, une amie aussi attentionnée qu'une sœur, et un homme qu'elle avait aimé passionnément. Brian. Leur amour était si grand qu'il avait le pouvoir de transformer l'existence des gens autour d'eux. En ce temps-là, la rosace du transept semblait crépiter sous les lueurs irisées, l'odeur de l'oliban la faisait chavirer. Elle se sentait tellement vivante, vibrante de foi et de bonté. Aujourd'hui, l'église n'était plus qu'un simple édifice. Un édifice glacial. Catherine laissa errer son regard autour d'elle : quatre murs, des vitraux colorés, une colombe blanche au-dessus de l'autel en marbre. Des cierges et une statue de sainte Lucy. L'odeur de l'encens mêlé à la fumée des bougies. Elle chercha à distinguer quelque chose derrière ce mur de brume. Pourquoi perdait-elle son temps ici ? Une personne qu'elle aimait était morte. Danny.

« Pourquoi ? » murmura-t-elle.

Seul le silence lui répondit. À quoi s'attendait-elle ?

« J'ai tenté de l'aider. J'ai essayé de suivre tes conseils. Tu disais toujours qu'on possédait tellement... qu'on devait donner en contrepartie. »

L'organiste qui s'était arrêtée de jouer se glissa derrière elle. Elle sentit un vent coulis quand la porte s'ouvrit et se referma. L'air était presque irrespirable. Les senteurs entêtantes de l'oliban paraissaient plus puissantes que d'habitude. *Les offrandes des Rois mages*, pensa-t-elle. Enfants, elle et Lizzie adoraient ces paroles de saint Mathieu, 2-11 : « *Entrant alors dans le logis, ils virent l'Enfant avec Marie, sa mère, et, se prosternant, ils lui rendirent hommage ; puis ouvrant leurs cas-*

settes, ils lui offrirent en présents de l'or, de l'encens et de la myrrhe. »

De la résine aromatique pour le petit Jésus et sa famille.

Les flammes des cierges vacillèrent. Elle cligna des yeux sans se détourner des bougies votives étincelantes. Elle pensa à l'idée d'un cadeau... quelque chose à donner à Danny pour Noël. Pour ses proches... Plongeant la main dans sa poche, elle sortit son portefeuille et en tira la photographie de Brian. Elle l'adossa contre la statue de sainte Lucy et la contempla longuement. Elle tenta de chasser la fumée d'un battement de paupières et ses yeux s'embuèrent.

« Il était si seul, chuchota-t-elle. Il n'avait que dix-sept ans et errait dans New York. Il n'a jamais réclamé d'aide. Il fallait le forcer pour qu'il accepte d'être secouru. Il a fêté son dernier anniversaire il n'y a pas deux mois. Sa famille l'aimait. Ils n'ont pas pu lui dire au revoir. Moi, au moins j'ai pu le faire avec *toi*. »

La brise réapparut, un peu plus forte. Les cheveux de Catherine lui chatouillèrent le visage, balayant ses larmes.

« Tu avais promis de ne jamais partir. Je t'ai cherché à chaque Noël. Je t'ai attendu dans notre maison, dans le grenier... Brian. »

« *Tu m'attendais au mauvais endroit.* »

Catherine fit volte-face. Elle avait entendu ces mots aussi clairement que si Brian les avait prononcés. C'était sa voix. Elle se leva d'un bond et s'approcha de l'autel. Là, les volutes de fumée étaient si épaisses qu'elle parvenait à peine à entrevoir quelque chose. L'offrande des Rois mages. Un psaume lui revint en mémoire : « *Je t'ai appelé, Ô Seigneur, entends ma prière; écoute ma voix qui t'implore. Fais que mon appel monte directement comme cet encens auprès de Toi. Regarde mes mains qui se tendent, accepte mon sacrifice.* »

« Je t'en supplie, je t'en supplie », conjura-t-elle.

L'oliban brûlait doucement dans un encensoir en bronze, suspendu à de petites chaînes au-dessus du maître-autel, près de la crèche. Elle retint sa respiration en clignant des yeux. Son mari était là, debout. Silhouette tremblotante dans le voile parfumé, les bras grands ouverts. Atterrée, Catherine se raidit. Elle était incapable de bouger. Le visage de Brian s'illumina d'un amour sans fin. Ses prunelles vertes étaient empreintes d'une telle tendresse qu'elle s'en voulut d'avoir douté.

« Brian, chuchota-t-elle. Oh mon Dieu, c'est toi ! »

Elle s'avança doucement vers lui pour le toucher. Puis s'arrêta brusquement. Était-il bien là ? Était-ce un rêve ? Elle battit des paupières, essayant de percer du regard le nuage d'encens.

« Aide-moi, ce soir ! supplia-t-elle. Danny est en danger. S'il te plaît, tu m'as toujours dit que tu serais là pour Noël. Viens maintenant. Nous avons besoin de toi. »

Elle vit une lueur aveuglante au-dessus de la crèche. Ses yeux, son sourire... Elle se défiait de sa propre vision. Bien que Brian soit là, son corps semblait trembloter comme s'il était fait de brouillard.

« C'est toi, c'est forcément toi, murmura-t-elle. Parce que j'ai besoin de ton aide. Cette nuit entre toutes les nuits, Brian. Tu m'as appris à voir ce dont les autres avaient besoin. Ce garçon et sa famille souffrent tant... Brian, que puis-je faire ? »

« *Je ne peux pas te le dire,* entendit-elle, *je ne peux que te le montrer.* »

L'image de Brian vacilla et s'évanouit, comme elle l'avait fait tant de fois ces dernières années lorsque Catherine l'apercevait dans la brume, dans la neige ou dans ses rêves.

« Oh, s'il te plaît, supplia-t-elle. Ne t'en vas pas ! »

Quelqu'un lui toucha la main et une puissante secousse ébranla tout son corps, faisant crisser ses os. Malgré la violence du choc, elle n'avait pas mal. Quand la sensation s'arrêta, elle détailla chacun de ses membres, un par un. Elle était devenue une ombre, comme Brian. Un être fait de vapeur. Puis, aussi rapidement que c'était venu, elle reprit forme humaine. L'encens lui troublait la vue. Soudain, elle eut la conviction absolue que Brian était là, avec elle. Elle fut prise de tremblements convulsifs. Ce n'était pas de la peur, simplement des vagues d'amour qui la transperçaient de part en part. Un courant d'air froid balaya l'église, dissipant le voile d'oliban. Quand la fumée disparut, un vent se leva. Il lui sembla qu'il l'aspirait, l'entraînait vers la porte. Elle se retrouva sur le parvis et le suivit en courant le long de la Dixième Avenue.

« Nous n'avons pas le temps, cria-t-elle. Danny a besoin de nous. Maintenant ! »

Mais le vent l'ignora et se mit à souffler de plus en plus fort, projetant des gerbes de neige devant elle. Sur la Vingtième Avenue, elle fut saisie d'un vertige et dut s'agripper à ce qui lui tombait sous la main – un arbrisseau sur le bord du trottoir, la grille en fer forgé de l'un de ses voisins. Son cœur tressautait dans sa poitrine, elle savait qu'elle suivait Brian. Son fantôme était là, ce soir, et il la conduisait là où elle devait aller. Comme toujours à Noël, la rue semblait enveloppée de brouillard, peuplée d'esprits. Soudain un bras s'enroula autour de sa taille, la guidant vers les marches du perron. De stupeur, elle ouvrit la bouche et quand elle osa reprendre sa respiration et lever la tête, elle aperçut dans un éclair deux grandes ailes blanches. Des ailes recouvertes de plumes, déployées comme celles d'un archange. Les mains tremblantes, elle déverrouilla sa porte. Le vent s'engouffra dans le hall, dispersant le courrier et le journal du matin, puis s'insinua dans l'escalier le long des volées de marches montant au grenier. Un déferlement de pensées s'entrechoqua dans l'esprit de Catherine. Depuis qu'ils avaient été séparés, il s'était passé tant de choses. Elle avait tellement à lui raconter.

« Cela fait trois ans que je t'attends ici », s'exclama-t-elle en débouchant dans la mansarde.

Il y faisait un froid glacial. En partant, elle avait baissé le chauffage et des nuages de condensation s'échappaient de sa bouche. Brian n'était pas là. Ce n'était qu'un rêve... Mais quand elle pivota sur elle-même, elle vit l'image de son mari se refléter dans la psyché. Sa silhouette brillait de mille feux. Elle fit quelques pas vers lui, lentement, le souffle coupé. Les traits de Brian vacillaient sur le verre poli.

« Brian, murmura-t-elle. S'il te plaît, parle-moi. Tu as dit que tu ne pouvais pas me rendre visite ici... que ce n'était pas le bon endroit. »

« *Je t'ai conduit dans cette pièce ce soir, parce que c'est là que nous nous sommes aimés.* »

« Oui, souffla-t-elle en effleurant son reflet dans la glace. Tu sais à quel point je voulais vivre ici ; tu as acheté cette maison pour moi. Nous l'avons emplie de notre amour. »

Elle agita le bras en direction des photos encadrées accrochées aux murs : celles de leur mariage, de leur lune de miel à Paris, du baptême de Lucy, des soirées de gala au musée, des repas servis à la soupe populaire, de leur dernier sapin de Noël, décoré ensemble.

« *Pendant ces trois dernières années, jusqu'à aujourd'hui, tu l'as meublée de ta tristesse.* »

Le cœur de Catherine se mit à cogner comme un sourd. Elle tendit une main hésitante vers son visage qui tremblota sous sa paume. Un sanglot l'étreignit.

« Tu m'as tellement manqué. »

Catherine sentit des larmes rouler sur ses joues. Tandis qu'elle regardait fixement le miroir, une brume épaisse s'accrocha au verre. Elle éprouva soudain un grand sentiment de calme et de sérénité. Elle avait réclamé que l'on secoure Danny mais elle comprenait subitement qu'elle devait d'abord dire adieu à Brian. Elle caressa la glace du bout des doigts – ce qui fit naître des étoiles étincelantes. Alors, elle ferma les yeux et colla sa joue contre la surface glacée.

« Nous avons eu trois ans pour nous préparer à cet instant, chuchota-t-elle. Le temps est venu, n'est-ce pas ? Il est l'heure de nous dire au revoir. Un au revoir définitif qui me permettra de continuer à vivre, et toi, d'avancer... dans la mort. Je t'aime Brian. »

« *Je t'aimerai toujours, Catherine. L'amour ne meurt jamais.* »

La voix était réelle. Catherine sentit contre elle la chaleur de Brian, la puissance de ses bras. Elle chancela. Le temps s'était-il arrêté ou bien dissous dans l'éternité ? Elle se mit à pleurer à chaudes larmes, agrippée à Brian. Et si elle refusait de le laisser partir... Si cette fois, elle décidait de le garder pour toujours... Pendant une fraction de seconde, elle eut l'impression que leurs cœurs battaient à l'unisson. Puis, brusquement, le poids qui écrasait sa poitrine se desserra. C'était comme si un vol de colombes s'était échappé de son corps, emplissant la pièce de leurs ailes déployées.

« Brian, cria-t-elle. Dis-moi comment aider Danny. »

« *Tu sais comment faire.* »

Elle ferma les yeux. Brusquement, tout lui parut limpide. Brian lui tendit la main et elle s'en empara. Quand il ouvrit ses ailes, elle n'éprouva aucune frayeur. Elle eut comme une vision : ils s'envolaient par la fenêtre du grenier, planaient au-dessus des prairies du séminaire plongées dans l'obscurité – là où autrefois Clement Moore avait rédigé son poème de Noël. Ils survolaient le stand abandonné de Christy, traversaient Chelsea, ses avenues et ses immeubles, rasaient les lumières rouges et vertes de l'Empire State Building et s'engouffraient dans Central Park.

Quand elle ouvrit les paupières, elle se trouvait toujours dans la mansarde.

« Brian ? » appela-t-elle.

Il était parti. Catherine dévala les quatre étages, attrapa son manteau et s'élança dans la rue, en trébuchant dans la neige. Son regard errait dans toutes les directions comme si elle cherchait à discerner d'autres fantômes, d'autres anges. Cette nuit leur appartenait. Au coin de l'avenue, elle héla un taxi et lui demanda de la conduire au parc. Plus ils se rapprochaient du Belvedere Castle, plus son cœur bondissait dans sa poitrine. Elle vit les camions de pompiers, les ambulances, le fourgon de la morgue. Sur le Green, la taverne resplendissait de mille feux et les clochettes des traîneaux tirés par les chevaux tintinnabu-laient dans l'obscurité.

« Brian, souffla-t-elle à voix haute.

— Ne passez plus jamais Noël murée dans le chagrin, déclara le chauffeur de taxi en la scrutant dans son rétroviseur intérieur.

— Qui êtes-vous ? » balbutia-t-elle.

L'homme avait les yeux de Brian.

Il laissa échapper un petit rire cristallin et continua de se frayer un passage entre les véhicules de secours et les forces de police, jusqu'aux bois entourant le Turtle Pond.

« Ne savez-vous pas reconnaître un miracle quand vous en voyez un ? fit-il.

— Que voulez-vous dire ? demanda Cathe-rine en lui touchant l'épaule.

— Va les chercher », répondit Brian.

Il lui frôla la main et elle sentit sa peau la brûler, ses os craquer et son sang bouillonner dans ses veines.

« N'oublie pas, ajouta-t-il.

— Quoi?

— De lever les yeux. »

Et dans un éclair de plumes blanches, il prit son envol.

Catherine braqua son regard vers le ciel. Elle ne vit que des nuages couvrant la voûte céleste. La nuit était noire et froide. Des cristaux de glace pendaient des branches des arbres et les flocons s'étaient remis à tomber. Elle se tourna vers le château. Le monticule de neige qu'elle avait vu à la télévision avait disparu. Il ne restait plus qu'un tas d'environ quatre mètres. Elle fonça dans sa direction. Les secouristes étaient appuyés sur le manche de leurs pelles, épuisés et en sueur. Ils dévisageaient un homme qui continuait de creuser.

« Christy! cria-t-elle.

— Laissez-le, lui dit un policier. C'est le père du jeune garçon. Il a perdu l'esprit. »

Catherine se dégagea d'un coup sec et se mit à escalader la butte. Christy fouillait la neige de ses mains nues. Une lueur rageuse brillait dans son regard désemparé. En l'apercevant, des larmes ruisselèrent sur son visage maculé de terre.

« Arrête, Christy! lui dit-elle.

— Je ne peux pas. (Sa voix se brisa.) Je dois retrouver Danny.

— Il n'est pas ici », répliqua-t-elle en lui tendant la main.

Christy la considéra longuement. Il parut hésiter. Ses traits trahissaient le désespoir, comme s'il avait fini par avouer sa défaite. Ses yeux étaient mornes et battus. Brusquement, il sembla sortir de sa torpeur. Fixant les doigts de Catherine, il tendit le bras et les saisit entre les siens. Son regard se mit à pétiller. De toutes ses forces, Catherine le tira de l'excavation bordée de graviers, de traces de sang et de milliers de petites plumes blanches, puis accueillit contre elle son corps tremblant et frissonnant.

« Il faut partir, murmura-t-elle.

— Où ça? Comment pourrais-je m'en aller sans Danny?

— Tu ne t'en iras *jamais* sans Danny. Allez, viens. Allons chercher ton fils. »

XIII

Assise sur le canapé, Murphy sur ses genoux, Bridget faisait tout son possible pour ne pas entendre la télévision qui marchait dans la chambre d'à côté. Pourtant, Mme Quinn avait baissé le volume, probablement pour ne pas la bouleverser. Bridget essayait de se concentrer sur le bruit des flocons qui fouettaient les carreaux, et évitait de réfléchir à ce qui avait pu arriver à son frère. Lizzie et Lucy étaient passées dans l'après-midi et cela l'avait réconfortée parce qu'elles n'avaient pas parlé de Danny ou des derniers événements. Lizzie avait apporté des pelotes de laine et appris à tricoter aux deux fillettes. Elles étaient restées ensemble un long moment, à travailler en silence sur leurs ouvrages jusqu'à ce qu'il soit l'heure pour Lucy d'aller se coucher. Bridget avait immédiatement apprécié les gestes répétitifs du tricot – une maille à l'endroit, une maille à l'envers – mais après leur départ, elle s'était sentie trop tendue pour continuer.

Vers neuf heures et demie, la porte s'ouvrit à la volée et Mme Quinn entra, les bras chargés d'un plateau sur lequel elle avait disposé un pot décoré de petites fleurs rempli de lait chaud, une tasse ornée du même motif, des gâteaux d'avoine et une pomme coupée en morceaux.

« Je vois que tu as Murphy pour te tenir compagnie, s'exclama-t-elle, et que ton tricot avance bien. »

Bridget baissa les yeux sur ses aiguilles et sur sa maigrelette écharpe longue de huit centimètres. Elle était trop bouleversée pour prononcer une parole. Comme s'il s'en rendait compte, le chien se redressa et lui lécha le menton. Bridget se mit à trembler. Les caresses maladroites de Murphy amusaient toujours beaucoup Danny.

« J'ai pensé que tu voulais peut-être manger quelque chose, reprit doucement Mme Quinn.

— Je n'ai pas faim. »

Mme Quinn était une femme grande et mince. Elle avait des yeux bleus expressifs, des cheveux blancs ramassés en chignon et un sourire jovial, toujours proche de l'éclat de rire. Mais ce soir, son visage était fermé. Vêtue de son éternelle robe noire et du cardigan vert olive que son mari aimait à poser gentiment sur ses épaules, elle regardait Bridget avec la mine compatissante d'une grand-mère.

« Tu as besoin de garder tes forces, insista-t-elle. Mange au moins un bout de pomme.

— Pas tant que je ne connaîtrai pas les dernières nouvelles », chuchota Bridget.

De nouveau, Murphy lui lécha le menton tandis que Mme Quinn l'observait avec inquiétude. Le silence se fit dans la pièce. Bridget mourait d'envie que la vieille dame reparte dans ses quartiers. Non pas parce qu'elle ne l'aimait pas, mais parce que, par la porte entrouverte, elle entendait le journaliste de la télé parler de Danny. Finalement, Mme Quinn lui tapota gentiment la tête et regagna sa chambre en tirant le battant derrière elle. Bridget essaya de se remettre à son tricot.

Tenir les aiguilles entre ses mains avait quelque chose de rassurant. Bridget aimait l'idée de créer un objet de ses doigts, de le faire grandir à chaque maille. C'était un peu comme cultiver des arbres. On commençait avec une graine ou un bout de laine et on regardait sa réalisation prendre corps.

Elle contempla son ouvrage. Si Danny était encore en vie, cette écharpe serait pour lui. Elle lui donnerait tout ce qu'elle possédait. Si seulement papa ne s'était pas disputé aussi violemment avec lui, l'an passé. Si seulement il avait pu lui parler, le raisonner. Peut-être que rien de tout cela ne serait arrivé...

Le mois de décembre tirait à sa fin. La semaine suivante, ce serait Noël et elle regagnerait la Nouvelle-Écosse, sa ferme perdue à l'extrémité nord de Cape Breton. Tellement loin de New York... Tellement loin de Danny.

La neige se mit à tomber encore plus fort, effaçant le contour des rues, les enveloppant dans une sorte de brouillard orangé. Cela lui fit penser au blizzard qui avait soufflé la nuit dernière lorsque son père avait pourchassé Danny. Il était persuadé qu'elle n'était au courant de rien, pourtant, elle l'avait entendu hurler le nom de son frère.

Par la fenêtre, elle avait assisté à toute la scène : elle avait vu Danny sauter dans le bus, Christy ramasser le chapeau puis s'élancer à sa poursuite dans l'avenue. Elle dodelina de la tête et se remit à tricoter. Tant qu'on ne lui aurait pas annoncé officiellement la mort de Danny, elle n'y croirait pas. Même ce jour-là, d'ailleurs, elle refuserait la vérité. La seule chose qu'elle pouvait faire, c'était rester assise tranquillement et tricoter une écharpe pour son frère.

Ses aiguilles cliquetaient comme la neige contre les carreaux. Brusquement, le bruit métallique s'amplifia, il y avait des cristaux de glace au milieu des flocons. Ou bien... Un tintement plus puissant que les autres résonna soudain contre la baie vitrée qui donnait sur la cour. Murphy sauta du fauteuil et colla sa truffe à la vitre, en aboyant frénétiquement. Bridget bondit du canapé, sans se soucier de sa pelote de laine et de son ouvrage qui dégringolèrent sur le plancher.

« Qu'est-ce que c'était ? cria Mme Quinn.

— C'est Danny », murmura Bridget, le cœur battant, en scrutant l'obscurité.

Danny se tenait debout entre deux immeubles, le nez levé vers les fenêtres éclairées. Quand le visage de sa sœur apparut en contre-jour derrière l'une d'elles, il poussa un soupir de soulagement. C'était la plus réconfortante des visions. Voyant qu'elle lui faisait signe, sa tension se relâcha. Il se sentait faible, comme si son corps ne lui appartenait plus. Il avait l'impression d'être un somnambule, de graviter à quelques centimètres du sol. Quand il cligna des yeux, des larmes se détachèrent de ses paupières. Il s'adossa contre la façade d'un bâtiment et une sensation glaciale s'insinua entre ses omoplates, à travers le duvet de son anorak. Il avait déjà raccommodé l'accroc de l'hiver dernier avec du Scotch, mais il devrait recommencer. En tombant de la tour, il s'était râpé le flanc gauche et la moitié des plumes s'était envolée. Le monticule de neige avait amorti sa chute, mais il s'était entaillé le poignet et le cuir chevelu. Une porte claqua et il entendit une cavalcade dans l'allée. C'était Bridget. Elle se rua sur lui avec la force d'une baleine pilote et se jeta dans ses bras, le clouant au mur.

« Danny! Oh, Danny! cria-t-elle.

— Wou-si, Bridget!

— J'ai cru... On a pensé que... »

Elle se mit à sangloter et Danny la serra contre lui en tentant de l'apaiser. Il devait réfléchir. Tout à l'heure, au château, les flics avaient été sur le point de l'arrêter. Il savait qu'il s'était mis dans une situation difficile, sans savoir exactement pourquoi. Cette fois-ci, ses ennuis étaient sérieux. Il avait violé la propriété du Belvedere Castle, enfreint plusieurs règlements de Central Park et la législation de New York. Le père de Penelope lui en voulait d'avoir trahi sa confiance. Danny espérait simplement que la jeune fille ne serait pas punie pour sa complicité. Et puis, il y avait cette histoire d'argent qu'on l'accusait d'avoir volé.

« Où est papa? demanda-t-il à sa sœur.

— Il est dans le parc! »

Danny secoua la tête, essayant de comprendre ce qui se passait. De quoi parlait-elle?

« Que fait-il là-bas ? »

Bridey le repoussa en le foudroyant d'un regard incrédule.

« Il te cherche. Il attend qu'on retrouve ton corps.

— Mon quoi ? »

Choqué, il dut de nouveau s'appuyer contre le mur.

« Ils pensent que tu es mort. Des gens t'ont vu sauter de la tour de ce château.

— Je n'ai pas sauté !

— Je le sais. Papa aussi. On a pensé que tu étais tombé.

— C'est le cas. Et j'ai atterri dans un énorme monticule de neige molle. Même moi, je n'arrivais pas à croire à ma chance. J'ai senti l'impact et j'ai pensé que c'était fini. Mais j'ai pu me dégager...

— Ta tête », s'exclama Bridey en tendant la main.

Lorsque ses doigts effleurèrent l'entaille, Danny tressaillit.

« J'ai de sérieux problèmes, dit-il. (Il parlait à toute allure, étourdi par les nouvelles que lui annonçait sa sœur.) Ils croient que j'ai dérobé

284

la caisse de papa. As-tu lu les journaux ?
Forcément...

— Je suis désolée, chuchota-t-elle.

— Pour quelle raison ? Tu sais que je n'ai
pas fait ça, n'est-ce pas Bridey ? Et papa aussi ?
Dis-moi qu'il ne me croit pas coupable.

— Je pense qu'il... »

Bridget s'interrompit.

« Je t'en supplie, dis-moi qu'il me connaît
mieux que ça. Oh, Bridey, il ne peut pas me
considérer comme un voleur, hein ? Je ne
ferais jamais une chose pareille.

— Il est persuadé que ton existence dans la
rue était si difficile que tu as eu besoin de cet
argent pour survivre, lâcha-t-elle d'une voix
tremblante. Il te l'aurait donné de toute façon,
moi aussi. Nous t'aimons tellement, Danny. »

Son cuir chevelu s'était remis à saigner et
des rigoles rougeâtres lui dégoulinaient dans
les yeux. Il pressa la manche de son blouson
sur la blessure. C'était chaud et poisseux. Il
savait que les plaies à la tête étaient toujours
impressionnantes et coulaient beaucoup.

Soudain, un souvenir lui revint à l'esprit :
celui du jour où son père avait été assommé
par une branche cassée, au cours d'un brusque

285

ouragan. Il n'y avait eu aucun signe avant-coureur – le temps était beau et ensoleillé et, la minute d'après, le ciel s'était obscurci et le vent s'était levé en rafales. Christy élaguait un pin quand la tempête l'avait frappé. Si seulement il avait été prévenu, jamais il ne serait monté dans cet arbre. Danny avait six ans. Il se souvenait avoir hurlé en voyant le sang gicler du crâne de son père. Il avait cru qu'il allait mourir. Cette réminiscence lui fit l'effet d'une douche glacée.

« Papa me croit mort ? demanda-t-il.

— On l'a tous cru.

— Il faut que je parte à sa recherche, s'écria-t-il en se rappelant sa terreur d'enfant à l'idée de perdre son père. Je dois lui prouver le contraire. »

Alors qu'il agrippait la main de sa sœur, il réalisa pour la première fois qu'elle tenait une taie d'oreiller remplie à craquer.

« Qu'est-ce que c'est ? s'enquit-il.

— Je t'ai apporté des gâteaux, une pomme, les chaussettes bleues de papa, des choses dont tu pourrais avoir besoin », répondit-elle, les yeux brillants.

Danny passa son bras autour de ses épaules.

Il n'arrivait plus à réfléchir ou à comprendre ce qui se passait. Il avait des vertiges et une douleur vive lui enserrait le poignet et la tête. Ses côtes lui faisaient mal et son flanc droit était endolori, contusionné. Bridget pleurait.

« Allons-y, murmura Danny.

— Où ça?

— Chercher papa. »

Il avait à peine fini de parler qu'une ombre se profila sous les réverbères. Des bruits de pas se firent entendre dans l'allée. Danny porta sa main en visière au-dessus de ses yeux afin de découvrir l'identité de celui qui approchait. En pensant qu'il s'agissait peut-être de la police, il fut pris d'un tremblement. Mais ce n'était pas ça. Personne ne prononça une parole. Danny distingua simplement un visage, assombri par la lumière tremblotante. Il sentit un corps qui l'enveloppait. C'était son père. Son père était là, devant lui, et le berçait dans ses bras.

Quand Christy comprit qu'il ne rêvait pas, que son fils était bien vivant, il desserra son étreinte et recula de quelques pas. Danny était debout, face à lui. C'était vraiment lui. Il jeta un coup d'œil par-dessus son épaule en direction de Catherine pour s'assurer qu'elle voyait la même chose que lui. Apparemment, oui : son visage était rayonnant. Comment avait-elle su ? Comment Danny avait-il pu survivre à une telle chute ?

« Tu es blessé, fit-il remarquer en se tournant vers son fils et en lui caressant les cheveux.

— Il saigne beaucoup, affirma Bridget.

— Je me suis coupé le poignet sur le toit, admit Danny et je crois que je me suis cogné la tête en atterrissant sur le tas de neige. J'ai déchiré mon anorak.

— J'ai vu les plumes, répondit Christy. Et le sang.

— Et tu as pensé que j'étais mort ?

— Tu as eu de la chance, Danny. Tu es tombé d'une sacrée hauteur. »

Submergé d'émotions devant ce miracle, Christy reprit son fils dans ses bras. Il ne l'avait pas tenu ainsi contre lui depuis un an – depuis cette affreuse bagarre. Et aujourd'hui, ils étaient réunis. Christy avait du mal à le croire

– son fils était revenu. Hier encore, il avait fui en l'apercevant de l'autre côté de la rue. Le souvenir de l'argent disparu lui effleura l'esprit, mais il refusa de s'y appesantir. Il se contenta d'observer longuement Danny, puis Catherine qui, les yeux clos, semblait remercier le ciel pour sa miséricorde.

« Tu dois consulter un médecin, dit-il.

— Je vais très bien.

— Ton père a raison », rétorqua Catherine.

Elle fit quelques pas et tapota la joue de Danny avec une telle affection que Christy comprit qu'ils se connaissaient bien et que son fils lui faisait confiance. Les yeux de Catherine étaient lumineux, chargés d'une lueur et de reflets mystérieux qui rappelaient à Christy la lumière des baies du Grand Nord. En la voyant toucher le visage de Danny, une immense tendresse l'envahit.

« Tu saignes, reprit Catherine.

— Ce n'est rien, C. J'ai déjà vu papa bien plus mal en point, des centaines de fois. Il a toujours traité ça par-dessus la jambe. Tu te souviens de l'histoire de la branche, pa ? Après le passage éclair de ce front froid ?

— Allons à l'hôpital, insista Christy.

289

— Le temps a changé si vite – sans prévenir. Tu as été blessé. J'ai cru que tu allais
mourir. Tu te rappelles ?

— Le temps ! Quelle importance ? On est
bien obligé de le subir. Allez, Danny, viens
maintenant... » supplia-t-il en l'empoignant
par la manche.

Quelque chose dans l'expression butée de
son fils le fit taire brusquement. Son estomac
se contracta. Était-ce l'explication de tout
ce gâchis ? La raison pour laquelle Danny
rêvait d'étudier la météo ? Soudain, tout devint
clair dans son esprit. C'était vraiment une
nuit miraculeuse. Il désirait ardemment comprendre ce qui avait désuni sa famille, ce qui
aujourd'hui la rapprochait. Mais plus que tout,
il voulait apprendre à connaître son fils.

« Tu vis avec une épée de Damoclès au-dessus de la tête, poursuivit Danny d'une voix
frémissante. C'est toujours comme ça sur la
colline, avec le vent, la glace, la chaleur et les
incendies. Il faut quelqu'un pour t'aider, pa.
Et je ne parle pas de planter ou de tailler.

— Nous devons tous nous entraider, hurla
soudain Bridget.

— Bridey ! s'exclama Danny.

— Nous ne pouvons plus être séparés ! »

Elle se rua comme une furie dans les bras de son frère, laissant tomber sa taie d'oreiller que Christy n'avait pas remarquée jusque-là. Son contenu se répandit sur le bitume : une serviette de table remplie des biscuits de Mme Quinn, une pomme coupée en quartiers qui brunissaient sur les bords, quelques paires de chaussettes roulées appartenant à Christy... et la caisse.

« C'était pour Danny, sanglota Bridget. Je ne pouvais pas supporter de le savoir tout seul, dans cette grande ville. Obligé d'aller à la soupe populaire, de dormir n'importe où. Je voulais qu'il soit en sécurité.

— Ma chérie », soupira Christy, bouleversé, en l'attirant à lui.

Elle se rebiffa. Elle n'avait que douze ans, mais la force qui brillait dans ses yeux lui fit l'effet d'un coup de massue.

« Je suis désolée, pa. Je n'aurais pas dû prendre l'argent. Mais j'aime mon frère et je ferais n'importe quoi pour lui. Il ne peut pas rentrer à la ferme avec nous, car il doit devenir météorologue. Il doit rester ici.

« — On décidera de ça... commença Christy.

— Danny ! »

Catherine poussa un cri, se précipita sur le jeune garçon et l'attrapa par les épaules. Christy vit son fils osciller, puis perdre l'équilibre. D'un bond, il le prit dans ses bras comme lorsqu'il était bébé. Sa tête lui tournait, son univers entier était sur le point de s'écrouler, mais dans l'immédiat, il n'était sûr que d'une chose : il devait conduire son fils à l'hôpital.

XIV

« On lui a posé des agrafes, mais il a une commotion cérébrale, expliqua le docteur dans la salle des urgences du St Vincent's Hospital. Nous craignons des blessures internes. Il a eu beaucoup de chance de survivre à une telle chute.

— Quel genre de blessures ? demanda Christy.

— Pour l'instant, on fait des examens. On aimerait le garder en observation. »

Christy n'esquissa aucun geste. Il se contenta de le dévisager, le visage fermé. Depuis qu'il avait récupéré son fils, il ne voulait pas le quitter une seule seconde. La police avait mené ses interrogatoires, les journalistes rôdaient à l'extérieur, et les services sociaux de New York avaient diligenté une enquête. On parlait de placer les enfants en centre d'accueil, de poursuivre Danny en justice, peut-être même d'arrêter Christy pour négligence parentale.

Christy rêvait de foncer dans la chambre de Danny, de l'emmitoufler dans une couverture et de le ramener sur-le-champ à la maison. Il était impatient de fuir New York, de quitter cette ville qui lui avait causé tant de problèmes. Il était comme un animal blessé, touché par la balle d'un chasseur, et recroquevillé dans un coin : prêt à se battre jusqu'à la mort pour se défendre.

« Tu dois l'autoriser à rester.

— Ils veulent le jeter en prison.

— Ils ne le feront pas, Christy.

— Comment le sais-tu ? Comment peux-tu dire ça ? Ils sont à nos trousses. Tu as vu comment ces flics me regardaient ? Comme si j'étais le plus grand salaud que la terre ait jamais porté. Un de mes enfants a fait une fugue, l'autre a été contraint de voler pour procurer de quoi manger à son frère... »

Sa voix se lézarda. Pourquoi n'était-ce pas

Rip qui l'avait interrogé? Ce n'était ni son district, ni sa juridiction. Tout, à New York, était soumis à des règlements et des lois complètement étrangers à Christy. Il avait la bouche sèche et sa peau le picotait. Il était sur la défensive et se sentait agressé.

« Je sais, répliqua calmement Catherine. Il n'a fait que dormir là-bas, au château. Il n'a rien volé, n'a blessé personne.

— Ils disent... »

Christy ne put continuer. L'émotion le privait de ses moyens. Il savait ce que l'on racontait derrière son dos. Personne n'avait oublié qu'il avait frappé Danny et qu'il était passé au tribunal avant de bénéficier d'un non-lieu. Il craignait que la justice ne s'attaque à son fils de la même manière. Aux yeux des autorités, ils n'étaient que deux Canadiens fauteurs de trouble.

« Christy, essaie de te concentrer sur sa guérison. Laisse-le à l'hôpital.

— Alors, je reste avec lui.

— Vous devriez rentrer chez vous et vous reposer, intervint le docteur qui avait écouté la conversation. Il a une longue nuit d'examens devant lui.

— Je reste, grogna Christy.

— Comme vous voudrez. Mais comme nous n'avons pas encore une chambre libre à l'étage, nous le gardons pour l'instant en soins intensifs. Vous serez contraint de vous installer dans la salle d'attente. »

Il était deux heures du matin. Catherine n'avait pas quitté Christy une seule minute, excepté à minuit pour téléphoner à Lizzie et lui demander de venir chercher Bridget. Christy avait remarqué avec quelle aisance elle s'était permis d'appeler son amie à l'aide au beau milieu de la nuit. Il songea à la façon dont sa fille avait hurlé : « Nous devons nous entraider » et ce souvenir lui brisa le cœur. Il se faisait l'impression d'être un arbre déraciné. Bridget ! Comment avait-il pu passer à côté de ce qu'elle endurait ? Il ne l'avait jamais vue comme ça, folle de panique, désireuse de réconcilier sa famille.

Christy regarda Catherine. Ses yeux gris clair étaient fixés sur lui. Quand leurs regards se croisèrent, il cilla et se détourna. Il se sentait tellement troublé par les derniers événements de la nuit, par l'attitude de ses enfants et par ses propres sentiments. Il était terrifié à l'idée que la justice puisse lui prendre son fils et sa fille. Il en perdrait la raison.

Comme si elle lisait dans ses pensées, Catherine lui effleura le bras. Un frisson l'ébranla de la tête aux pieds. Il mourait d'envie de la prendre contre lui, ici même, dans cette salle d'attente. Il imaginait son corps lové contre le sien... Mais il nageait en plein cauchemar et devait le traverser, seul.

« Rentre chez toi maintenant. Merci pour tout », dit-il d'une voix rauque.

Catherine se rendait-elle compte à quel point il tremblait ? Il avait beau afficher un air grave, une force inébranlable, il ressentait tout l'inverse. Il menaçait de s'effondrer à chaque instant devant elle.

« Il n'y a pas de problème, je reste avec toi. »

Il tenta de reprendre son souffle.

« Mais pourquoi ? Je ne comprends pas. Que signifie-t-on pour toi ? Nous sommes juste des forestiers venus du Canada. Mes enfants... regarde à quoi ils ressemblent ! Les questions des flics disent clairement ce qu'ils pensent de nous. Danny a fugué, Bridget a volé de l'argent. Je suis un père lamentable. »

Le regard que Catherine posait sur lui semblait dire qu'elle pensait le contraire. Ses yeux étaient sereins, aussi limpides que l'eau d'un lac.

« N'as-tu rien entendu ? demanda-t-elle. Danny veut devenir météorologue pour t'aider. Parce qu'il sait à quel point le temps peut être dangereux dans une forêt. Et Bridget a pris la caisse pour la donner à Danny. Chacun de vous a voulu soutenir l'autre. Il faut que tu le comprennes aujourd'hui.

— Et si on me les enlève ? chuchota-t-il. Et si cela arrivait demain matin ?

— Non. Nous ne les laisserons pas faire. »

Nous.

Christy la considéra avec stupéfaction. Il se remémora la nuit où il l'avait prise dans ses bras, dans le joli hall de sa maison de brique. À cet instant précis, plus rien d'autre ne comptait : leurs différences, la réalité de la situation. C'était comme si la terre avait dévié de son axe, les projetant tous les deux dans l'espace. Son corps ferme contre le sien, les battements de leurs cœurs… Voilà ce qu'il avait ressenti.

« Dis-moi, reprit Christy. Pourquoi t'intéresses-tu à nous ? Pourquoi es-tu ici en ce moment ?

— Pourquoi m'as-tu invitée à faire de la luge avec vous ? Pourquoi m'as-tu permis d'emmener Bridget à l'illumination de l'arbre ? énuméra-t-elle, les yeux brillants. Qui peut expliquer le lien qui se noue entre deux personnes ? Il existe, c'est tout. Pourquoi vouloir absolument essayer de donner un nom à une relation ? »

Christy l'observa avec attention. Quelque chose avait changé en elle depuis cette nuit. Elle lui avait paru trop vulnérable – hantée par la mort de son mari, abîmée dans le chagrin. Aujourd'hui, la tristesse qu'il avait lue en elle avait disparu. Elle était radieuse, aussi combative qu'un guerrier.

« Que s'est-il passé ce soir ? demanda-t-il.

— Toi et Danny vous êtes retrouvés.

— Non. Il s'est produit autre chose. Je le vois dans tes yeux. »

Elle lança des regards fugaces autour d'elle. Il y avait beaucoup de monde dans la pièce. Elle marqua une hésitation et s'efforça de se composer une attitude. L'estomac de Christy fit la culbute comme s'il était tombé d'un arbre.

« Si cela a un rapport avec Danny, tu dois me le dire.

— Je le ferai, promit-elle, mais pas ici. »

Christy avait le sentiment d'être en chute libre. Cette nuit aurait dû être la plus belle de sa vie. Danny avait survécu à l'accident. Sa famille était rassemblée, pour le moment du moins. Et Catherine était là, à côté de lui. Sa proximité et sa chaleur le faisaient frissonner, lui donnaient envie de la prendre dans ses bras. Mais son pouls battait trop vite, cela le terrorisait. Il n'était qu'un simple fermier. Poussé par la faim qui avait conditionné toute son enfance, il n'avait comme but que de nourrir sa famille et de cultiver des arbres de Noël. Catherine était plus complexe. Elle était une femme sophistiquée, une véritable New-Yorkaise. À ses yeux, c'était un être mystérieux, byzantin presque. Le fait qu'elle puisse lui dissimuler des informations sur son fils l'effrayait.

« Tu ferais mieux de partir, dit-il.

— Christy...

— Tu en as assez fait pour nous. Nous t'en

sommes reconnaissants. Sincèrement, crois-moi. Mais je peux me débrouiller maintenant. Il le faut. Ce sont mes enfants et je dois me battre pour eux.

— Je reste à tes côtés.

— Ce n'est pas ton combat », déclara-t-il d'une voix sourde et bourrue.

Elle ouvrit la bouche pour répliquer, mais surprenant dans son regard quelque chose qui ressemblait à de la panique, de la terreur peut-être, elle baissa les yeux. Christy la vit se débattre avec elle-même quelques instants. Il eut le sentiment qu'elle comprenait que sa présence le bouleversait davantage que ne le ferait son départ. À contrecœur, elle hocha la tête, se pencha vers lui et l'embrassa sur la joue. Le contact de ses lèvres et de sa main l'irradia tout entier. Il la regarda s'éloigner, plus troublé qu'il ne l'avait jamais été de sa vie.

Il avala sa salive et dénicha une chaise libre dans la salle d'attente bondée. Il y avait là des gens avec des blessures ou des toux de tuber-culeux, des bébés malades, des yeux tristes, des mains bandées, des boiteux. Certains étaient des sans-abri, reconnaissables à leurs chaussures trouées et à leurs manteaux sales. Comment allaient-ils payer leurs soins médicaux? Comment Danny aurait-il fait s'il avait été seul?

Seul. Le mot résonna en lui avec une sonorité terrifiante. *Seul, seul.* On aurait dit le tintement macabre du glas, de la sirène du Wolf Strait qui indiquait aux marins la présence des bancs de sable. Christy survola la pièce du regard, observant un à un les rescapés qui l'entouraient. Il n'y avait personne à leurs côtés. Un sapin synthétique décoré de guirlandes électriques trônait dans un coin. Au-dessus, sur le mur, on avait accroché des silhouettes de bonshommes de neige et de sucre d'orge en carton. Christy examina l'arbre. Tout en lui le dérangeait. Il était faux. Ses branches étaient de travers, son tronc légèrement tordu, probablement à cause de la façon dont on l'avait stocké un an durant. Aucune senteur de pin ne s'échappait de ses aiguilles trop longues et trop vertes. Il se forçait à apporter de la joie, mais n'y parvenait pas. C'était un imposteur. Christy se faisait la même impression. Lui-même était un camelot plein de mots creux, essayant de vendre l'esprit de Noël aux riches new-yorkais. Pendant que sa famille se disloquait. Christy effleura du regard la chaise voisine de la sienne. Catherine n'était plus là. Il ne connaissait pas ses propres enfants. Seul, seul, pensa-t-il tandis que les lumières du faux sapin clignotaient tant qu'elles pouvaient.

Catherine prit un taxi et rentra chez elle. Une fois arrivée, elle grimpa directement au grenier. Il était vide. Un courant d'air froid filtrait par la fenêtre mansardée. Elle promena son regard autour d'elle, sans peur ni angoisse. Elle avait dit au revoir à Brian. Elle savait qu'il était parti pour de bon.

Brian avait son voyage à faire, elle le sien.

Tout avait commencé, ce soir, dans le périmètre de sécurité installé par la police autour du Belvedere Castle. Elle l'avait franchi en courant, désireuse de rejoindre Christy. Lorsqu'elle avait vu le monticule de neige tapissé de plumes blanches, elle avait compris : tout le monde pensait sans doute qu'elles provenaient de l'anorak déchiré de

Danny mais elle savait qu'elles appartenaient à Brian.

Aux ailes de Brian.

L'amour qu'ils avaient partagé avait survécu. Il ne mourrait jamais. Ils s'étaient envolés ensemble au cœur de la nuit ; il l'avait conduite ici, dans cette pièce nichée sous le toit de leur maison, parce que c'était là qu'ils s'étaient aimés. C'était la seule raison qui expliquait pourquoi elle avait suivi la rafale de vent et la fulgurance des ailes blanches.

Catherine pivota lentement sur elle-même. Elle se rendit compte soudain qu'elle s'était trompée en pensant qu'on pouvait abolir le temps. Brian était venu vers elle lorsqu'il s'était senti prêt. Elle décrocha les photographies du mur et les étudia attentivement l'une après l'autre. Elle et Brian sur la plage, au Yankee Stadium, à la sortie de leur mariage... sur le parvis de Sainte-Lucy. Alors qu'elle regardait cette dernière photo, une étincelle en jaillit. Qu'était-ce ? Tous les détails du cliché lui étaient familiers – le sourire de Brian, son regard malicieux, l'expression joyeuse qu'elle arborait sur son visage. Elle scruta l'édifice : sa façade en grès rose, ses vitraux, son clocher carré lui rappelaient les chapelles médiévales qu'ils avaient visitées au cours de leur voyage de noces.

La photo paraissait dégager de l'électricité. Catherine contempla de nouveau l'église en songeant à la façon dont elle s'y était rendue ce soir, après trois années d'absence. Elle revoyait le scintillement des cierges, le lourd nuage d'encens. Elle s'était agenouillée devant le petit autel, sous le regard aimant de la statue de Sainte-Lucy. Elle s'était laissée guider par la voix de son mari jusque vers l'encensoir suspendu au-dessus de la crèche, là où l'oliban déversait des volutes plus épaisses et parfumées.

Qu'est-ce que cela signifiait ? Le voile qui séparait les vivants et les morts, les humains et les anges, paraissait si mince. Pourquoi après avoir attendu si longtemps Brian ici, dans cette pièce, l'avait-elle vu là-bas ? Y avait-il un lien précis avec Sainte-Lucy ? Ou était-ce simplement parce qu'elle avait ressenti le besoin de fuir sa maison, cette magnifique demeure qui était devenue son cachot ?

Son cœur se mit à battre avec précipitation. Il ne se produisait pas de miracles toutes les nuits – la visite de Brian, le sauvetage de Danny. Elle ferma les yeux et imagina l'adolescent sur son lit d'hôpital, Bridget couchée sur un matelas à côté de Lucy, Christy dans la salle d'attente des urgences. Elle se demanda s'ils allaient trouver le sommeil. Elle savait qu'ils s'inquiétaient de ce que le lendemain allait leur apporter.

« Seigneur, faites selon votre volonté », pria-t-elle.

Elle embrassa le visage de Brian – celui du jeune marié, puis replaça la photo contre le mur et inspira profondément. Elle n'était pas triste, elle lui avait dit au revoir. Elle se dirigea à pas lents vers la fenêtre et regarda fixement dans la rue. Que penseraient les passants, dorénavant, en levant les yeux vers la maison ? Imagineraient-ils un couple heureux vivant ici ? Une nursery derrière les vitres de la mansarde ?

Auraient-ils raison ?

Catherine l'ignorait. Un acte de foi n'était pas un voyage entre deux points distants l'un de l'autre, c'était un saut dans l'inconnu et dans les ténèbres. C'était allumer une bougie pour convoquer l'esprit de son mari. C'était dégringoler d'un arbre sous la force du vent, en créant chez son fils le désir de devenir météorologue. C'était escalader la tour d'un château et tomber dans les bras d'un ange. C'était prendre conscience que sa famille avait besoin des autres pour écrire sa destinée.

Pour Catherine, c'était désormais se tourner vers l'avenir. Attendre de voir ce qu'il lui apporterait. C'était, de tous, l'acte de foi le plus important.

Elle jeta un dernier regard dans la pièce. Elle savait que c'était la dernière fois qu'elle y venait. Elle prit une grande inspiration pour se préparer à la vague de tristesse qui ne manquerait pas de la submerger. Mais rien ne vint. Au contraire, elle se sentit brusquement envahie par une joie immense. C'était de l'espoir. Son heure était venue. Elle referma doucement la porte derrière elle et descendit les escaliers, prête à accueillir ce qui viendrait.

Une nouvelle fois, les tabloïds firent leurs choux gras des récents événements qui avaient touché Christy et ses enfants. Toute la ville de New York découvrit bientôt l'histoire de ce garçon qui avait survécu à sa chute du Belvedere Castle. Le puzzle était maintenant reconstruit : Daniel Byrne était le fils de Christopher Byrne, le sylviculteur de Pleasant Bay, en Nouvelle-Écosse, dont l'argent avait été dérobé la veille. Année après année, la famille Byrne descendait du point le plus reculé du Cape Breton pour vendre ses sapins à Chelsea. Un miracle avait sauvé la vie du jeune Danny, mais il était l'élément central d'une tragique saga familiale. L'adolescent brillant s'était transformé en fugueur, rejoignant les sans-abri de la ville. Sa sœur Bridget avait avoué avoir volé la caisse de son père qui contenait des milliers de dollars. Les services sociaux avaient ouvert une enquête et la Protection de l'Enfance s'occupait du dossier. Les Byrne étaient menacés de plusieurs poursuites judiciaires : Daniel Byrne pour une série de délits allant de la violation de propriété à l'usurpation d'identité, Christy pour négligence parentale et Bridget Byrne pour vol.

Assis derrière son bureau, Sylvester Rheinbeck Sr. ajusta ses lunettes à monture dorée et lut avec attention tous les articles de presse consacrés à Daniel Byrne. Il accorda une attention particulière au *New York Times*, et surtout à un paragraphe au sujet de la photo des cloches. « Cette sculpture mystérieuse et insignifiante, disait le journal, se trouve visiblement au cœur de cette dramatique histoire aux accents miraculeux. La police a envisagé l'hypothèse que Daniel Byrne ait pu, à un moment, être employé par le groupe Rheinbeck en tant que photographe de son programme philanthropique baptisé Projet "Look-Up". Un porte-parole de la société dément catégoriquement tout lien entre les deux. »

Sylvester dodelina de la tête. Il n'y avait que le *Times*, la plus vénérable et assommante institution new-yorkaise, pour qualifier ces cloches d'insignifiantes. D'après les rumeurs qui couraient dans l'entreprise Rheinbeck – rumeurs auxquelles il faisait davantage crédit – elles étaient, au contraire, en passe de devenir l'obsession de toute la ville. On parlait de miracle et les interrogations allaient bon train : où se trouvaient-elles ? Pourquoi le jeune garçon en détenait-il la photo ? Elles lui avaient sauvé la vie... En réalité, elles n'existaient pas... Chacun y allait de son hypothèse et elles occupaient toutes les conversations. En un mot, elles devenaient légendaires. Les légendes étaient l'apanage de Manhattan. On en créait sans cesse de nouvelles qui s'ajoutaient à celles plus anciennes, du cheval de cirque échappé du Madison Square Garden qui avait plongé dans l'océan avec un enfant sur son dos, du coyote descendu des montagnes pour se réfugier à Central Park et, bien sûr, des alligators cachés dans les égouts. Certaines étaient véridiques, d'autres trop fantastiques pour être écrites. La photo des cloches de pierre de Daniel Byrne et la façon prodigieuse dont il avait réchappé à l'accident avaient de quoi alimenter cette tradition.

Sylvester Sr. avait l'intuition qu'elles ne tarderaient pas à devenir une cause célèbre, et cela le réjouissait. C'est alors que son regard tomba de nouveau sur la dernière ligne de l'article : « Un porte-parole de la société dément catégoriquement tout lien entre les deux. » Le vieil homme poussa un profond soupir avant de porter son attention sur les nombreux diplômes, récompenses, certificats et photographies qui tapissaient les murs de son bureau. Il était reconnaissable sur chacune d'elles. Vêtu d'un costume sombre et d'une cravate noire, il serrait la main à des personnalités prestigieuses, telles que Henry Kissinger ou Hillary Rodham Clinton, discutait, épaule contre épaule, avec les différents maires de New York : John Lindsay, Abe Keane, Ed Koch, David Dinkins, Rudy Giuliani, Mike Bloomberg.

Une vie entière à gagner de l'argent et à servir ses concitoyens. Comme c'est étrange, se dit-il subitement en examinant les clichés. Il n'y en a aucun sur lequel je me trouve seul avec mon fils. Sylvester Jr. était présent, mais toujours sur des portraits de groupe, entouré d'associés, de membres du gouvernement et d'officiels en tout genre.

Soudain, on frappa à la porte. Levant les yeux, le vieux Rheinbeck vit son fils apparaître sur le seuil.

« Bonjour, s'exclama-t-il en lui faisant signe d'entrer. As-tu lu les journaux ? Ai-je raison de supposer que c'est toi, le fameux porte-parole de la société ?

— Oui, rétorqua Sylvester Jr. Le *Times* m'a téléphoné et j'ai répondu aux questions du journaliste sans dévoiler mon identité.

— Ainsi, tu as nié le rôle de ce garçon dans notre projet ? (Le cœur du vieil homme se serra.) Pourtant, tu sais que c'est la vérité.

— Oui. »

Sylvester Sr. ferma les paupières. Toujours le profit. Le souci de protéger l'entreprise, d'écarter tout risque de scandale, même si la vie d'un adolescent et de sa famille en dépendait.

« Où est Catherine ce matin ? s'enquit son fils.

— Elle a laissé un message sur ma boîte vocale. Elle ne viendra pas aujourd'hui. »

Il s'éclaircit la gorge. Intuitivement, il savait que l'absence de la jeune femme avait un rapport avec les Byrne.

« Ce môme a de gros ennuis, reprit Sylvester Jr. (Il lança un coup d'œil pensif en direction du parc et du Belvedere Castle.) Apparemment, il se servait d'une clef pour pénétrer à sa guise dans le château. Ce qui n'est pas clair, c'est la façon dont il l'a obtenue. On pense qu'un concierge a pu lui en prêter un jour et oublier de la récupérer. Ce gamin a été embauché grâce à de fausses références. Il a menti à la commission de conservation de Central Park.

— Il y a pire dans la vie.

— Il a convaincu Catherine de le laisser utiliser notre bibliothèque pour faire des recherches météorologiques. »

Il cracha ce dernier mot comme s'il avait un goût infect.

« Je me demande parfois, soupira Sylvester Sr., si c'est à cause de moi que tu es incapable de regarder ce parc comme un lieu de plaisirs. Si j'avais été un père différent, peut-être aurais-tu aimé admirer les nuages, les faucons qui survolent la ville, errer près de la station météo du Belvedere Castle?

— Et construire des nids sur les balcons, salir les façades des immeubles et empoisonner la vie des copropriétaires? Trêve de plaisanterie, Père. Catherine a dépensé des fonds de la société pour rémunérer ses photos, y compris celle découverte dans la chambre secrète. Je serais négligent si j'oubliais de faire remarquer qu'il n'a aucune qualification en tant que photographe.

— Ce n'est pas une tâche bien difficile.

— Nos actionnaires objecteront qu'il aurait mieux valu embaucher un professionnel.

— On fait la mise au point et on appuie sur le bouton, voilà tout, poursuivit le vieil homme. De toute façon, ces clichés n'étaient destinés qu'aux archives. »

Il avait le sentiment d'avoir échoué. Hier, il avait prié avec son fils, devant la fenêtre donnant sur Central Park et supplié le Seigneur d'épargner la vie de Danny. Et aujourd'hui, Sylvester était là de nouveau, obsédé par la façon dont leur argent avait été dépensé.

« Oui, c'est vrai », reconnut Sylvester Jr.

Surpris de constater qu'il lui donnait raison, le vieux Rheinbeck le lorgna par-dessus ses lunettes.

« Personne ne doit savoir qu'il faisait des photos pour nous, asséna Sylvester Jr.

— Mais...

— Surtout pas les médias. S'ils apprennent ce détail, cela risque d'être préjudiciable. »

Le vieux Rheinbeck perdit son sang-froid. Il abattit son poing sur son bureau, bouillant de colère et de désespoir. Comment lui, un humaniste, pouvait-il avoir pour fils un capitaine d'industrie aussi égoïste et cupide?

« "Cela risque d'être préjudiciable!" tonnat-il. De quelle façon? Même si nos actions perdaient un demi-point, on le récupérerait dans l'heure. Crois-tu que nos actionnaires seraient offensés parce qu'on a essayé d'aider un jeune homme à réaliser son rêve?

— Peut-être pas. Mais ils nous accuseraient de trafic d'influence.

— Sylvester, es-tu devenu fou? Ai-je mis au monde un nouvel Ebenezer Scrooge?

— Père, répondit calmement son fils. J'ai téléphoné à la mairie et j'ai fait une demande des plus simples. Tout au plus une suggestion. Le message suivra son chemin par les canaux habituels. L'enquête sera menée à son terme, mais eu égard à l'âge des enfants, il n'y aura aucune arrestation.

— Quoi? Que dis-tu?

— Notre nom a un poids dans cette ville. J'ai actionné quelques leviers bien placés, réclamé une faveur. C'est pour cela qu'il vaut mieux éviter que la société soit impliquée officiellement. Le père ne sera pas arrêté, les mômes non plus.

— Dans l'affaire Byrne ? »

Sylvester Jr. acquiesça.

« Pourquoi as-tu fait cela ? »

Le visage de son fils se contracta en un masque grognon. Une expression qui lui était coutumière lorsqu'il envisageait de licencier quelqu'un, quand le cours des actions était en forte baisse ou qu'on lui avait servi un plat qu'il n'appréciait pas. À sa grande stupéfaction, le vieux Rheinbeck vit des larmes jaillir dans ses yeux. Brusquement, l'homme d'âge moyen, le féroce cadre supérieur disparut, laissant place à un gamin de dix ans.

« Je l'ai fait pour toi.

— Pour moi ? »

Il opina.

« Oui, parce que cet adolescent avait un rêve. Je sais ce que cette notion représente pour toi, Père. Et je savais que tu désirais que cette famille passe un joyeux Noël. »

Le vieil homme sentit son cœur se dilater et sur le point d'exploser de joie et de gratitude. Il ne pouvait détacher le regard de son fils en qui il voyait maintenant un petit garçon. Autrefois, il l'appelait Chip.

« Oh, fiston… »

Il fondit en larmes.

Sylvester Jr. n'eut aucune réaction. Son regard, qui mendiait l'approbation de son père, reflétait une immense attente. Le vieillard reconnut cette supplication muette. Il l'avait vue tant de fois par le passé lorsque son fils lui demandait d'assister au match de base-ball de son école, à la réunion de préparation d'une colonie de vacances ou à une visite au planétarium. Un vieil élan de culpabilité s'empara de lui.

« Je ne cesse de penser à ce forestier qui voulait tellement retenir son fils auprès de lui, dit Sylvester Jr. Cela l'a tellement aveuglé qu'il n'a pas su deviner son aspiration. J'ai compris, moi aussi, que j'étais passé à côté de la tienne.

— De la mienne ?

— Ton projet "Look-Up". Ton désir qu'on admire la beauté. Les choses importantes. Les gens ont besoin de rêver.

— Et ils le font, murmura le vieux Rheinbeck d'une voix enrouée. J'avais tellement peur

317

d'avoir raté ton éducation. Je t'ai enseigné tout ce qu'il fallait savoir sur le Dow Jones mais rien sur ton propre cœur. Je constate aujourd'hui que je m'étais trompé. Tu sais déjà.

— Cela ne m'est pas venu naturellement, confessa Sylvester Jr. avec une modestie que son père ne lui connaissait pas. Ce qui s'est produit hier m'a fait réfléchir. Joyeux Noël, papa.

— Joyeux Noël... Chip ! » répondit le vieux Rheinbeck en essayant d'avaler la boule qui s'était formée dans sa gorge.

XV

Les jours passaient et Christy continuait de vendre ses arbres. Les clients débarquaient désormais des cinq districts de la ville et même de plus loin. Ils venaient du New Jersey, de Westchester, de Long Island et du Connecticut. Ils le payaient avec de grosses coupures, sans compter les pourboires. Tous voulaient être pris en photo avec lui et le questionner sur Danny. Le plus étrange, c'est qu'il ne parvenait plus à faire son boniment. Il n'avait rien à dire. Qu'ils achètent un sapin ou pas, il s'en moquait. Cette attention dont il était l'objet, ces portefeuilles qui ne demandaient qu'à se vider, le laissaient de marbre. Il se comportait presque en robot, s'activant machinalement.

Il ressemblait aux moines de l'abbaye de Cape Breton qui avaient fait vœu de silence. Ces hommes étaient extraordinaires. C'était comme si, après avoir longuement cherché en eux-mêmes, ils étaient restés étourdis devant la beauté dissimulée au fond de leurs âmes. Christy ressentait la même chose. Qu'avait-il à raconter ? La vie de son fils avait été épargnée, il lui était revenu, du moins provisoirement. Sa fille l'avait volé au lieu de lui demander d'aider son frère. Christy savait que ses enfants ne doutaient pas de son amour, comme lui ne doutait pas du leur. Mais, sans le vouloir, il s'était focalisé sur son travail, leur donnant probablement l'impression qu'il maîtrisait la situation. Ou bien, comme l'avait déclaré Bridget, peut-être n'avaient-ils pas voulu le déranger. Qui sait si au fond, il ne leur avait pas délivré ce message inconsciemment ? Voilà à quoi il réfléchissait en vendant ses sapins.

Catherine avait pris ses distances. Christy attendait. Tandis que les riches new-yorkais attachaient ses arbres sur le toit de leurs Range Rover, il regardait fixement en direction du sud, là où se trouvait sa maison. Où était-elle ? Tous les mots qu'il ne disait pas à ses clients semblaient refluer en lui, comme des tronçons de bois sur une rivière, en attendant qu'il puisse s'épancher auprès d'elle. Il avait tellement de questions à lui poser, tellement de choses à lui avouer. Mais elle ne venait pas.

Il fallut quelques jours avant que la situation s'éclaircisse, que l'enquête soit bouclée et qu'on rédige les rapports administratifs. Pendant ce temps, Danny était toujours en observation au St Vincent's Hospital et les résultats en cours d'analyses. Finalement, on le laissa sortir. Il revint s'installer chez Mme Quinn afin de se refaire une santé et de profiter de sa famille. En dépit de la joie des retrouvailles, le climat était assez tendu.

« Papa, que va-t-il se passer ? » demanda Bridget, le soir du réveillon.

La cargaison de sapins était vendue ; une nouvelle année venait de s'écouler. Le souper tirait à sa fin et la nuit s'épaississait. Minuit serait bientôt là et puis ce serait Noël.

Christy lança un coup d'œil en coin à Danny qui classait ses photos, à l'autre bout du salon.

Maintenant que les investigations étaient terminées, la police les lui avait rendues.

« C'est à ton frère de décider, répondit Christy.

— Mais pour nous, insista Bridget. Avons-nous des problèmes ? »

Christy la regarda. Comment expliquer à une fillette de douze ans la nature des angoisses qui l'habitaient. Qu'est-ce qui l'avait poussée à voler cet argent ? Depuis qu'il avait vu la caisse tomber de la taie d'oreiller, il n'avait pas cessé de souffrir.

« À toi de me le dire ! »

Bridget leva un sourcil et le considéra d'un air perplexe.

« Te dire quoi ?

— Tout.

— Je ne comprends pas. »

Au cours de la semaine écoulée, Danny avait peu parlé de ce qu'il avait fait durant l'année ou de ses projets d'avenir. Il s'était replié sur lui-même, passant son temps à dormir comme s'il récupérait de ses trois cent soixante-cinq jours passés dans les rues de New York. Mais ce soir, Christy s'en rendait compte, il prêtait une grande attention à la conversation. Il avait une façon inimitable de pencher la tête sur le côté lorsqu'il faisait semblant de ne pas écouter.

« Pourquoi ne me dis-tu pas ce que tu veux pour Noël? interrogea Christy.

— Pa! Comment pourrais-je réclamer quelque chose? La police a fourré son nez partout! J'ai commis un délit, j'ai volé tes économies. Ce que je veux savoir, c'est si je vais aller en prison.

— Non, tu n'iras pas en prison, Bridget.

— Et Danny?

— Non plus.

— Et toi, papa?

— Non. Les autorités se sont montrées clémentes envers moi. Même si j'ai tout gâché et négligé mes enfants.

— Ce n'est pas vrai, papa. »

Christy la contempla. Elle avait les yeux de Mary : marron avec des paillettes vertes comme la mousse qui poussait sur les troncs des pins exposés au nord. Ces dernières années, il avait travaillé si dur pour élever ses enfants qu'il avait eu à peine le temps de regretter sa femme. Elle lui manquait aujourd'hui. Avec ses manières directes et son bon sens, elle aurait su les remettre tous dans le droit chemin. Elle était douée pour ça, pour pointer du doigt les responsabilités. En son absence, Christy devait s'en charger seul.

« Tu te trompes, ma chérie, dit-il. Je ne me suis pas occupé de toi. Tu étais angoissée et tu ne me l'as pas dit. Tu as pris les choses en main, dans ton coin. Je n'ai su lire aucun des signes que tu m'as envoyés.

— Je l'ai fait pour Danny, bredouilla Bridget en dardant sur son frère un regard chargé d'amour.

— Je le sais. Tu avais une bonne raison, mais tu as mal agi.

— On a lu Robin des Bois, à l'école.

— S'il vivait à New York, Robin des Bois serait aujourd'hui à Rikers Island. Je ne veux pas qu'on confonde la générosité avec le vol. Bridget, la Protection de l'Enfance estime que tu as besoin d'être suivie par un thérapeute.

— Pa, elle n'est pas folle, s'insurgea Danny.

— Tout est de ma faute, gémit Bridget en fondant en larmes. Je me suis comportée comme une imbécile et j'ai ruiné la réputation de notre famille alors que je voulais simplement aider Danny.

— Personne n'est fou ici ! répliqua Christy. (Il avait la tête qui tournait et n'était pas loin de croire qu'il avait lui-même perdu l'esprit.) Tout le monde sait que tu aimes ton frère.

— Va-t-on me mettre dans une institution ? demanda Bridget. Me laisser à New York pendant que vous rentrerez au Canada ?

— Non. On m'a autorisé à t'emmener avec moi. Mais il faut que je trouve quelqu'un à qui tu puisses te confier. Ça va peut-être être difficile à Cape Breton, mais on se débrouillera.

— Il y a peut-être un médecin à Ingonish », lâcha Danny.

Son père lui décocha un regard surpris. Danny semblait concentré sur ses photos, mais ne cessait d'intervenir dans la conversation. Cela devait signifier quelque chose. Brusquement, un cliché dégringola de ses genoux. Christy eut un choc en voyant qu'il représentait un ange en pierre. Il traversa le salon et ramassa la photographie. Le visage du chérubin lui fit penser immédiatement à Catherine. Il avait presque l'impression de voir ses grands yeux gris posés sur lui, lui insufflant de la force à cet instant précis. Quand il ouvrit la bouche, son cœur frappait à tout rompre dans sa poitrine.

« Tu rentres avec nous à la maison ? demanda-t-il à Danny. Pour m'aider à prendre soin de ta sœur ? »

Danny secoua la tête.

« Pas maintenant, chuchota-t-il d'une voix quasiment inaudible.

— Qu'as-tu dit ?

— Pas maintenant !

— Qu'est-ce que cela signifie ?

— Tu as demandé à Bridget ce qu'elle voulait à Noël, répliqua Danny en se redressant de toute sa taille. Il y a quelques minutes, tu te souviens ?

— Oui.

— Je ne mérite probablement rien, mais je me demandais si tu allais me poser la question. »

Christy fut décontenancé. Il n'était pas habitué à ce que Danny lui parle d'un ton aussi direct. L'année qu'il avait passée seul à New York en avait fait un homme.

« Bien sûr, répondit-il. Que désires-tu ?

— Je veux que tu me fasses confiance, papa. »

Christy fronça les sourcils. Lui faire confiance ? Il eut soudain l'impression de glisser vers le rebord d'une falaise. Tout ce qu'il souhaitait, c'était trouver une prise, retenir du mieux possible son univers qui menaçait de basculer dans le vide. Il songea à Catherine, à ce qu'il avait ressenti en apprenant qu'elle avait aidé son fils – il était au bord du précipice.

« Je veux rester ici, reprit Danny. Pas pour toujours, juste le temps d'apprendre ce que j'ai besoin de savoir.

— Pour quoi faire ?

— Je veux devenir météorologue. Je me rends compte de la vie que tu mènes, papa. Tu cultives des arbres en te battant contre les éléments. C'est comme si tu luttais contre des démons. Les incendies, la sécheresse, les ouragans. Tu es incapable de les arrêter. Mais si on savait les prévoir, les choses seraient plus faciles pour toi. Et pour les autres sylviculteurs.

— Danny, murmura Christy. (Il avait le cœur si serré qu'il avait le sentiment que

327

c'était Dieu lui-même qui était en train de le lui arracher.) Je te veux avec moi. Moi et Bridget. Nous formons une famille.

— Crois-tu que je l'ignore? Je ne le sais que trop. C'est pour ça que j'ai pris cette décision. Je le fais pour toi.

— C'est vrai, sanglota Bridget.

— Pourquoi ne m'as-tu pas parlé de ce désir, l'année dernière? Pourquoi ne m'as-tu rien dit?

— Je ne voulais pas t'embêter. »

Christy tressaillit. Sa poitrine se serra comme s'il allait avoir une attaque cardiaque.

« Suis-je donc si monstrueux pour que tu refuses de discuter avec moi? Ne sais-tu pas que je t'aime plus que tout au monde?

— Tu nous aimes tellement que tu es en train de te tuer. Tu travailles après la nuit tombée. Tu es dehors avant que le soleil se lève. Nous n'avons jamais le temps, papa. Jamais le temps de parler. Je ne voulais pas t'obliger à m'aider à prendre une décision, alors que j'étais déjà certain de ce que j'allais entreprendre.

— Tu aurais pu m'en toucher un mot.

— Tu aurais refusé, de toute façon. »

Christy se mit à pleurer. Il savait que c'était la vérité. C'était tellement douloureux d'aimer quelqu'un aussi fort et de le voir prendre un chemin séparé, s'éloigner de sa famille.

« N'as-tu jamais eu de rêve, papa ? Une chose qu'il fallait que tu fasses absolument ? »

Christy laissa la phrase cheminer dans son esprit. Il avait toujours eu trop faim pour rêver. Il n'avait songé qu'à reprendre la ferme de son père, qu'à améliorer sa production, qu'à nourrir ses bébés. Et cependant...

La photographie de l'ange était là, entre lui et Danny. Christy l'examina à travers ses larmes. Son cœur abritait un désir fou. Si jamais il avait eu un rêve dans sa vie, c'était bien celui-là. Mais il était inaccessible, impossible à réaliser. Danny avait mille fois plus de chances de tout connaître sur la météo que lui d'être un jour avec une femme telle que Catherine.

« Alors, papa ?

— Peut-être en ai-je un aujourd'hui ?

— Si c'est le cas, fonce.

— Exauce-le », renchérit Bridget.

Christy n'en croyait pas ses yeux. Ses enfants le dévisageaient avec une telle inten-

sité qu'il sentit un frisson le parcourir. Avaient-
ils deviné ce à quoi il rêvait ? Non, c'était
impossible ! Était-il à ce point transparent ? Il
se sentit rougir.

« Tu as vu ces photos ? demanda Danny.

— Oui.

— C'est moi qui les ai prises. »

Une note de fierté transparaissait dans sa
voix.

« Elles sont excellentes, fit Christy en reprenant sa contenance. Si ton projet de météo
ne marche pas, tu pourras toujours devenir
photographe.

— Ouais, je me le suis dit aussi. Du moins
pour payer mes études. En attendant, je
dois dresser une liste des endroits où j'ai pris
ces clichés. Monsieur Rheinbeck veut publier
un livre qu'on distribuera dans les écoles,
même au coin des rues, je crois. C'est pour
apprendre aux New-Yorkais à lever la tête.

— Et à admirer toutes ces merveilles, ajouta
Bridget, les yeux brillants.

— Exact, Bridey. J'ai déjà tout en mémoire.
Tu vois cet ange ? »

Il indiqua la photo en noir et blanc – la
sculpture en pierre polie, les ombres dans le

granit, les ailes grandes ouvertes, le regard serein et en même temps chaleureux.

« Oui, répondit Christy en superposant mentalement le visage de Catherine à celui de l'angelot.

— C'est une statue qui se trouve dans Central Park. Celle-là... (Il fourragea dans ses papiers et en sortit un autre cliché.)... est gravée sur le fronton d'une église de Lexington Avenue. Et cette gargouille ? En fait, c'est un griffon ciselé dans le portail d'un immeuble de bureaux, sur la 4ᵉ Rue Est. Ces démons se trouvent juste à côté du restaurant Mangia, sur la 57ᵉ Rue Ouest. Et ces cloches...

— "Les Carillons Mystérieux" ! » trompeta Bridget en citant l'un des titres récents du *Daily News*.

L'article de presse avait mis l'accent sur la photo énigmatique que Penelope serrait dans sa main lorsque Danny était tombé du toit. À l'exemple de l'adolescent, la jeune fille avait refusé de livrer toute information. Personne aujourd'hui, à New York, ne savait où se trouvait cette étrange sculpture. La ville entière s'était lancée dans une chasse au trésor passionnée. Tout le monde était pris de frénésie.

On ne parlait plus que de cela, à la grande satisfaction de M. Rheinbeck qui voyait ainsi son projet « Look-Up » plébiscité avant même la publication de son guide. Les habitants des cinq districts de New York levaient maintenant le nez vers le ciel, à la recherche des cloches de pierre. Les résidents de Brooklyn étaient convaincus qu'elles étaient sculptées sur la façade de Grace Church, au-dessus de l'entrée de la Brooklyn Academy of Music ou sur l'un des piliers du Brooklyn Bridge ou du Williamsburg. Une femme originaire du Queens clamait que la photo avait été prise dans la crypte du Flushing Cemetery, près du caveau de ses parents. Une autre, une jeune jésuite, affirmait que cette œuvre d'art se trouvait au Centre spirituel de Mount Manresa, sur Staten Island, au grand bonheur des pèlerins qui voyaient leur foi se renforcer en déambulant dans le domaine. Un vieux prêtre, qui vivait sur la colline surplombant Manhattan, venait récemment de la contredire. Il certifiait connaître lui aussi l'exact emplacement de ce cadeau du ciel, se rappelant l'avoir admiré quand il était jeune, du côté de Chelsea. Pendant ce temps, Minnie

Maguire, citoyenne du Bronx, passait ses journées à remonter la Bainbridge Avenue, persuadée que si elle localisait ce bas-relief, son fils Desmond arrêterait de boire. Le pouvoir des mystérieux carillons semblait sans limite. On racontait même qu'en apercevant la sculpture d'un bourdon sous une arche de la cathédrale St John, un jeune homme avait demandé sa petite amie en mariage. Des fiançailles placées sous le signe de Noël et... d'une mauvaise piste !

« Tu vas nous révéler où elles sont ? demanda Bridget.

— Peut-être... » railla Danny avec un sourire narquois.

Bridget lui jeta un coussin à la tête.

« Allez, dis-le !

— Je prolonge le mystère.

— Il faut au moins que tu l'avoues à Catherine. Après tout, c'est à elle que tu dois cette photo.

— Ouais, elle mérite de le savoir. »

Christy surprit le regard malicieux qu'échangèrent ses enfants. Il attendit la suite. Leur joie était contagieuse.

« Papa, tu pourrais lui montrer où se trouvent les carillons, suggéra Danny.

— Mais j'ignore où ils sont... »

Il vit son fils et sa fille se regarder en riant et il s'empourpra.

« Danny va te le révéler, annonça Bridget.

— Promis. Si tu acceptes d'y conduire Catherine, je te donne l'adresse. »

Et Danny s'exécuta.

XVI

Tous les ans, à chaque réveillon de Noël, Lizzie et Lucy rejoignaient Catherine pour un souper de fête. Elles portaient toujours de jolies robes, des chapeaux et leurs plus beaux bijoux. Elles se régalaient d'huîtres, de chapon, d'une truffe enveloppée dans du bacon, puis grillée sous la cendre dans la cheminée et découpée en lamelles sur une purée de pommes de terre. Au dessert, elles servaient la traditionnelle bûche de Noël. Avant la disparition de Brian, elles plaçaient également l'étoile au sommet du sapin, ouvraient leurs cadeaux et se rendaient à la messe de minuit, à Sainte-Lucy.

Cette année, l'ambiance était exceptionnellement festive. D'abord, parce que Lizzie était folle de joie d'avoir trouvé un nouveau petit ami, en la personne de Rip Collins. Jusque-là, malgré ses nombreuses patrouilles dans Chelsea, l'officier n'avait jamais vraiment abordé Lizzie, mais récemment, grâce à ses fréquents passages sur le stand de Christy, il avait osé l'inviter à dîner.

« Il m'a fait faire un tour dans sa voiture de police, raconta Lizzie avec excitation. Il m'a montré comment faire une *perp walk* [1].

— Espérons que tu n'auras jamais besoin de mettre en pratique ton savoir, ironisa Catherine. Où est-il ce soir ?

— Il est de service. Il sécurise les rues pour Santa Claus.

— Il a dit qu'il le coffrerait s'il garait son traîneau en double file, gloussa Lucy.

— Je pense que ce brave Claus mérite un traitement de faveur à Chelsea. Après tout, c'est ici qu'il est devenu célèbre. Comme le dit la légende : "C'était la veille de Noël…" et bla-bla-bla…

— Eh oui ! » s'enthousiasma Lizzie.

1. Action de la police américaine qui consiste à faire parader un suspect menotté devant les médias. (*N.d.T.*)

Catherine adressa un sourire chaleureux à son amie. Elle était ravie de la voir aussi heureuse. Et elle savait que Lizzie ressentait la même chose à son égard. Cette année, Catherine avait changé. Bien qu'elle n'ait rien raconté de la visite de Brian, Lizzie s'était rendu compte qu'elle était plus gaie, moins repliée sur elle-même.

« C'est presque l'heure d'aller à l'église », fit remarquer Lucy en lorgnant sur l'horloge posée sur la cheminée.

Il était dix heures trente. Il y aurait foule dans Sainte-Lucy et elles tenaient à trouver une place assise.

« Oui, il faut partir, renchérit Lizzie. Tu viens avec nous, Catherine ? »

Catherine réfléchit quelques secondes. Pour la première fois depuis longtemps, elle avait envie de les accompagner. Tant de choses avaient changé désormais. Elle ne redoutait plus l'époque de Noël. Elle n'avait pas acheté de sapin, ni beaucoup de cadeaux, hormis un bracelet en argent pour Lizzie et des écheveaux de laine islandaise pour Lucy. Depuis plusieurs jours, elle avait décidé d'assister à la messe de minuit en leur compagnie, mais le poids qui lui enserrait la poitrine l'incita à refuser.

« Je préfère rester ici.

— Tu pourrais leur rendre visite, proposa Lizzie qui semblait lire dans ses pensées.

— Aux Byrne ? s'enquit Lucy.

— C'est à eux que tu penses, n'est-ce pas ? »

Catherine hocha la tête.

« Ils partent demain. Je pensais qu'ils seraient venus dire au revoir.

— J'ai l'intention d'écrire à Bridget, intervint Lucy. Tu pourrais faire de même avec Christy.

— Elle est d'excellent conseil, n'est-ce pas ? » fit observer Lizzie en enfilant son manteau et en se dirigeant vers le vestibule.

Catherine tenta d'afficher un sourire. Depuis qu'elle avait fermé à clef la porte du grenier, elle n'avait pas perdu la foi.

« Je pensais qu'il serait déjà passé, à l'heure qu'il est, dit-elle.

— Eh bien, joyeux Noël, s'écria Lizzie, l'œil collé à la fenêtre.

— Quoi ? »

Lizzie ouvrit grand la porte. Christy se tenait sur le perron.

« J'avais peur qu'il soit un peu tard, lança-t-il en lorgnant sur sa montre. Mais j'ai vu la lumière allumée...

— Non, c'est une heure idéale, fit remarquer Lizzie. Joyeux Noël, Christy.

— Pareil pour vous.

— Embrassez Bridget et Harry de notre part ! »

Elle attrapa la main de sa fille et dévala les marches, un sourire accroché aux lèvres.

Le visage de Catherine s'éclaira. Elle recula d'un pas.

« Entre, dit-elle.

— En fait, déclara Christy en la prenant par le bras, voudrais-tu venir avec moi ?

— Tout de suite ? »

Une rafale de vent plus puissante que les autres la fit frissonner.

« Oui. J'ai quelque chose à te montrer. »

Elle hésita et plongea son regard dans le sien. L'excitation qui brillait dans ses yeux bleus la fit sourire.

« Je vais chercher mon manteau. »

Ils sautèrent dans un taxi et Christy demanda au chauffeur de les conduire à Central Park, à l'entrée sud-est. Assis sur la banquette arrière, ils restèrent silencieux, sans même oser se regarder. Les mots que Christy avait envie de dire à Catherine semblaient s'être évanouis. Il était muet, perdu dans ses pensées. Les rêves ne prenaient pas naissance selon un script préétabli. Peut-être est-ce pour cela qu'il y a des poètes, pensa-t-il. Des poètes et des auteurs de chansons. L'homme assis derrière le volant avait allumé la radio sur une station qui diffusait en boucle des chants de Noël.

« Quel est ton favori ? demanda finalement Christy pour masquer sa nervosité.

— De quoi parles-tu ?

— De cantiques ! Lequel préfères-tu ?

— Hmmm. Il faut que je réfléchisse. Il y en a beaucoup. Et toi ?

— *Silent Night.* »

Il sortit de la poche de sa veste la photo des cloches qu'avait prise Danny.

« Nous allons au parc ? s'enquit-elle.

— Oui.

340

— Je pensais qu'on n'y retournerait plus jamais, après ce qui est arrivé à Danny.

— Moi aussi. »

Il songea à ce qu'avaient été ces derniers jours, à sa terreur d'être rattrapé par la bureaucratie et la justice. Il frémit.

« Mais un ange gardien devait veiller sur nous, poursuivit-il. Parce que Danny va bien. Et par je ne sais quel miracle, les autorités ont décidé que nous n'étions pas des criminels. »

Catherine lui sourit et il fut incapable de détourner le regard. Il ressentait un besoin irrépressible de contempler son visage illuminé par les néons de la ville qui miroitaient sur les vitres du taxi. Quand ils atteignirent le coin de la Cinquième Avenue et de la 59e Rue, Christy paya la course et ils lui souhaitèrent un joyeux Noël. Comme le trottoir était glissant, il prit la main de Catherine pour l'aider à escalader un monticule de neige. Elle se laissa faire.

« Sais-tu où nous allons ? lui demanda-t-il alors qu'ils s'engageaient dans le parc.

— J'ai une idée, répondit-elle en lançant un coup d'œil à la photo qu'il serrait entre ses doigts. Vas-tu me montrer les cloches ? Est-ce là que Danny les a photographiées ?

— Tu verras. »

Ils passèrent sous les élégants réverbères qui diffusaient une chaude lumière orangée. Le lac était gelé et, tout autour, les buissons paraissaient caparaçonnés de glace. Rien ne bougeait – il faisait trop froid pour les oiseaux, les animaux et les êtres humains. Christy avait l'impression de s'enfoncer avec elle au cœur d'une terre sauvage, et qu'ils étaient seuls au monde. Ils contournèrent la pièce d'eau et arrivèrent devant un gracieux petit pont en pierre qui enjambait, au nord, la partie la plus étroite de l'étang. Le reflet des gratte-ciel éclairés tremblotait sur l'étendue glacée. Catherine leva le bras en direction d'une des plus hautes tours.

« C'est ma bibliothèque là-haut, expliqua-t-elle. De mon bureau, j'admire le Gapstow Bridge tous les jours.

— Vraiment ? » dit Christy en se demandant quelle était sa fenêtre.

Le souffle s'échappait de leurs bouches en nuages argentés. Ils restèrent de longues minutes épaule contre épaule, pour se réchauffer. Ce contact fit frémir Christy.

« Et elle, l'as-tu déjà regardée ? » reprit-il en lui montrant une statue dissimulée par l'ombre des arbres, juste au-dessus de leurs têtes.

Bien qu'il ne l'ait jamais vue auparavant, Christy n'avait eu aucun mal à la localiser grâce aux explications et à la description de Danny.

Catherine scruta l'obscurité.

« C'est un ange, affirma-t-elle en se dirigeant de l'autre côté du pont. (À cet endroit, la statuette devait être partiellement masquée par un bosquet.) Je ne savais même pas qu'elle existait. »

Elle effleura les ailes repliées, le large front et les lèvres étirées en un sourire mystérieux.

« Elle est magnifique, s'exclama Christy sans quitter Catherine du regard.

— Tu penses que c'est une femme ? »

Christy opina. Le cœur battant, il glissa son bras autour des épaules de Catherine. Leurs regards se soudèrent. Il se sentait plus calme quand il la tenait serrée contre lui. Il ne désirait rien d'autre. Il la voulait toujours plus proche. Il n'y a pas d'autre solution, pensa-t-il.

343

« C'est toi, répondit-il doucement. Depuis que Danny m'a montré la photo. Je ne peux chasser cette idée. Elle ressemble à Catherine », me suis-je dit.

Elle secoua la tête et il l'embrassa pour la faire taire. Comment pouvait-il dans le même temps avoir peur de ce qu'il s'apprêtait à vivre tout en étant incapable de laisser passer une minute de plus sans se jeter à l'eau ? Des nuages longilignes encombraient le ciel et des étoiles brillaient entre les trouées. Il avait l'impression de se trouver sur une colline de Nouvelle-Écosse et non au cœur de Manhattan, cerné par les néons de la ville. Il avala une grande goulée d'air frais et son corps se détendit. Lorsque Catherine leva les yeux sur lui, il comprit que la vie n'était qu'une chasse aux rêves et qu'il avait trouvé le sien.

« Catherine Tierney, chuchota-t-il.

— Christy Byrne.

— Tu es mon ange. »

Il osait à peine regarder autour de lui. Il était convaincu que la statue avait disparu, parce qu'il la tenait dans ses bras.

« Je craignais que tu me voies plutôt comme

un démon. (Elle sourit.) À cause de mes secrets à propos de Danny.

— Tu l'as aidé quand j'en étais incapable. Il m'a fallu un peu de temps pour le comprendre. »

Catherine hocha la tête, sans pouvoir retenir un frisson. Un vent froid soufflait à travers le parc, balayant les prairies et le lac. Cela fit penser à Christy que Noël serait bientôt là et qu'il y avait d'autres endroits qu'il voulait montrer à Catherine.

« Est-ce que les cloches sont par là ? demanda cette dernière. Près de la statue ? »

Il lui fit signe que non et resserra son étreinte pour la réchauffer.

« Je tenais d'abord à t'emmener ici pour t'expliquer ce que je ressentais. Ce n'est pas facile d'être comme je suis. Jusqu'à présent, les mots ne me servaient qu'à vendre des arbres et prendre de l'argent aux New-Yorkais. "Voilà un magnifique épicéa bleu, caressé par la lumière des étoiles" ou bien "Vous n'aurez pas besoin de mettre des guirlandes électriques sur ce splendide Fraser, il est déjà illuminé par les aurores boréales". »

Catherine éclata de rire devant son numéro de camelot.

« C'est assez pauvre comme discours, renchérit-il.

— Je t'ai déjà entendu dire d'autres choses.

— Rien à voir avec ce que j'essaie d'exprimer maintenant. Je ne connais même pas les phrases pour décrire ce que je ressens, ce soir. Celles qui me viennent n'ont aucun sens. »

Elle le défia du regard comme pour l'inciter à faire une tentative. Il l'embrassa de nouveau et cette fois, il sentit son cœur battre aussi fort que le sien à travers le tissu de son manteau noir.

« Avec ses photos, Danny a complètement adhéré à l'esprit de votre projet, dit-il soudain.

— Oui, grâce à lui, les gens regardent en l'air désormais. Mon patron lui en est très reconnaissant. Toute la ville est prise de frénésie et cherche à localiser les cloches.

— Veux-tu savoir où elles sont ?

— Bien sûr. »

New York se dressait autour d'eux – multitudes de vies derrière les fenêtres éclairées.

C'était à la fois violent et romantique. Et Christy sut qu'il avait rejoint la cohorte des rêveurs et des affamés qui venait ici pour y assouvir ses désirs.

« Alors, je vais t'y conduire », dit-il.

Il la prit par la main et l'entraîna sous l'arche du Gapstow Bridge.

De nombreux passants déambulaient sur les trottoirs. Certains rentraient chez eux ou se rendaient à la messe, d'autres traînaient simplement parce que c'était le réveillon de Noël et que le temps était à la neige. Catherine et Christy descendirent la Cinquième Avenue sur une centaine de mètres, jusqu'au Plaza où ils grimpèrent dans un taxi.

« D'où êtes-vous ? s'enquit le chauffeur en les lorgnant dans son rétroviseur. Vous n'êtes pas de Manhattan.

— Nous sommes de Chelsea », rétorqua Christy.

Catherine éclata de rire, ravie de sa familiarité. L'homme continua à les dévisager sans vergogne.

« Hé, mais vous êtes le fameux vendeur de sapins ! J'me trompe ? »

Au lieu de répondre, Christy embrassa Catherine dans le cou, sur la joue et au coin des lèvres. Elle eut un frisson et se blottit dans ses bras.

« Hé, comment va votre gamin ? Mieux, j'espère ! »

Silence.

« Vous êtes son père, pas vrai ? Le môme qui est tombé du toit, comment va-t-il ?

— Super bien », maugréa Christy.

Catherine se rendit compte que le type lui tapait sur les nerfs. Elle chercha sa main et l'emprisonna dans la sienne. Il lui jeta un regard reconnaissant. Elle ferma les yeux, en songeant à la phrase qu'il avait prononcée tout à l'heure devant la statue. Elle ne savait pas si elle lui ressemblait, mais elle était convaincue qu'un ange bien réel avait visité New York cette semaine. Elle se demanda ce qui allait se passer maintenant.

« Il faut que vous me disiez une chose, lança le chauffeur.

— Ouais. Quoi ?

— Vous devez me dire où se trouvent ces putains de cloches. »

Catherine tourna son visage vers la vitre afin de cacher son envie de rire. C'était incroyable comme elle-même était excitée à l'idée de les découvrir. Comme tous les habitants de New York, elle était fascinée par la légende de Danny Byrne, cet adolescent qui vivait au Belvedere Castle avec pour seul bien ou presque un appareil photo qu'on lui avait prêté et un cliché en noir et blanc représentant une sculpture en pierre.

« Il a dû vous révéler où elles sont, hein ? insista l'homme.

— C'est un secret. Je ne voudrais pas vous gâcher le plaisir de les chercher.

— Allez ! C'est le réveillon. T'es dans le commerce, mec. Tu nous vends Noël. Tous ces sapins, ce fric. Et si j'allumais la radio et que je te mettais dans l'ambiance ? Tu as déjà essayé cette ficelle, hein ? Je vais faire pareil et tu me diras tout. Qu'est-ce que t'en penses ?

— De quelle ficelle parlez-vous ?

— Tu sais bien. Tu mets des vieux cantiques et tes clients sont dans le trip. C'est pour ça qu'il y a toutes ces lumières, ces vitrines illuminées. À quoi il sert, à ton avis, ce putain d'arbre du Rockefeller Center ?

— C'est ce que je pensais avant, moi aussi.

— Allez, t'es d'humeur généreuse, pas vrai ? Dis-moi au moins quelque chose que personne ne sait. Tu me donnes l'endroit, je vends l'info au *Post* et on partage la récompense. Allez, décidez-le, jeune dame !

— Je ne pense pas qu'il se laisse convaincre », répliqua Catherine.

Lorsqu'ils arrivèrent à destination, au coin de la Dixième Avenue et de la 23e Rue, Christy fouilla dans sa poche et gratifia le chauffeur d'un billet de vingt dollars.

« Gardez la monnaie.

— Hé, pas mal le pourboire ! gloussa l'homme. C'est mieux que de trouver ces foutues cloches. Merci mec.

— Joyeux Noël », lança Christy.

Il adressa un sourire à Catherine.

« Prête ?

— Oui. »

Les néons de l'Empire Diner clignotaient comme un phare sur la Dixième Avenue. La

350

neige s'était remise à tomber. Les flocons étaient si fins que le ciel paraissait recouvert d'un voile. Derrière ce rideau blanc, les fenêtres éclairées scintillaient de mille feux. Catherine frissonna mais ce n'était pas à cause du froid. Christy lui caressa le dos et l'enlaça avant de l'entraîner en direction du sud.

« Avant, il y avait des terres agricoles, fit-elle observer alors qu'ils passaient devant St Nikolas Park, une petite place de la taille d'un timbre-poste. Tout cela appartenait à Clément Clark Moore.

— Difficile à imaginer », rétorqua Christy en contemplant la forêt d'immeubles.

Catherine se demanda s'il pensait à sa ferme. À quoi pouvait-elle ressembler ? Apercevait-il l'océan de sa maison ? Les arbres étaient-ils gigantesques ? Comment était le ciel, la nuit, sans les lumières de la ville ?

« Tu habites si loin d'ici, dit-elle.

— Je sais.

— Et tu repars demain. »

Il ne répondit pas. Le cœur de Catherine manqua un battement et ils continuèrent de marcher en silence.

« Danny a décidé de rester à New York, commença lentement Christy. Je ne sais pas exactement ce qui va se passer mais Mme Quinn lui a proposé une chambre en échange de quelques heures de travail dans le magasin de son fils. Il a l'air sûr de pouvoir obtenir une bourse en s'inscrivant au College. »

Catherine écoutait. Elle était persuadée que M. Rheinbeck – les deux Rheinbeck, en fait – souhaiterait donner un coup de main à Danny. Mais pour l'heure, ses pensées se concentraient sur les projets de quelqu'un d'autre.

« Et toi, Christy? As-tu songé à demeurer ici? »

Il l'attira contre lui. Ils cheminaient toujours en direction du sud et la neige tombait de plus en plus fort. La visibilité était quasiment nulle et les trottoirs glissants. La question de Catherine avait semblé presque banale, mais elle se mit à trembler rien qu'à l'idée de l'avoir posée. Comment Christy pouvait-il s'en aller? Comment pouvait-il ignorer le cadeau que la vie leur offrait? Ils avançaient, serrés l'un contre l'autre, sous une pluie fine de flocons. Comment pourraient-ils se séparer?

Soudain, Catherine aperçut devant elle la

silhouette de Sainte-Lucy émergeant de l'obscurité. La foule se pressait sur les marches ; elle consulta sa montre et vit qu'il était presque minuit. Sa gorge se noua à la pensée de ce qui s'était passé à l'intérieur de l'église, une semaine auparavant. Brian était revenu... C'était également la nuit où Danny avait failli mourir.

« Pourquoi sommes-nous là ? » s'enquit-elle en levant les yeux sur Christy.

Son regard la laissa sans voix : ses prunelles bleues luisaient d'un éclat inhabituel, la privant de volonté. Elle tressaillit et chercha sa main. Brusquement, elle eut peur comme si le monde tournait de plus en plus vite autour d'eux. Le vent qui apportait la neige soufflait du nord. Elle se pelotonna contre Christy.

« Pourquoi sommes-nous là ? répéta-t-elle.

— Tu ne le sais pas ?

— Lizzie et Lucy assistent à la messe en ce moment. C'est l'endroit où j'ai vécu les jours les plus marquants de ma vie. C'est là que...

— Dis-moi, la pressa Christy.

— ... C'est là que j'ai dit au revoir au passé.

— Il fallait que tu le fasses, répondit Christy

353

en l'enveloppant de ses bras. Parce que ton avenir t'attend. »

Ils s'embrassèrent de nouveau, sans se soucier des fidèles qui grimpaient les marches derrière eux. Les cloches se mirent à sonner.

« Tu n'as pas répondu à ma question, chuchota Catherine tandis que le vent la poussait contre Christy. As-tu jamais songé à rester ?

— J'ai une exploitation à diriger. Et toi, as-tu déjà pensé à venir en Nouvelle-Écosse ?

— Ça a l'air magnifique, hésita-t-elle.

— J'aimerais tant te la faire visiter. Viendras-tu avec nous ?

— Cela me plairait.

— Alors, viens.

— J'ai mon travail ici...

— C'est un miracle de t'avoir rencontrée. N'en as-tu pas conscience ?

— Si, je le sais. »

Son sang battait dans ses veines. Elle l'avait compris depuis longtemps. Son cœur verrouillé à double tour s'était ouvert grâce à cet homme et à sa famille. Elle avait suivi un fantôme, aperçu des plumes d'ange dans la neige, dit adieu à son chagrin.

« Tu as besoin d'être convaincue ? demanda

Christy en lui touchant la joue. Si c'est le cas, ça ne pose pas de problème.

— Convaincue ?

— Souviens-toi pourquoi nous sommes venus ici.

— Quoi ? Christy... »

Au milieu des tempêtes et des afflux d'émotions, elle avait oublié. Les yeux de Christy l'emprisonnaient d'une lueur possessive ; il la fixait avec une telle intensité qu'elle aurait dû en être effrayée. Mais au contraire, elle se sentait hypnotisée.

« Regarde en haut », lâcha-t-il.

Il n'eut pas besoin d'en dire plus. Catherine rejeta son visage en arrière et resta bouche bée : elles étaient là. Les cloches de pierre.

Parfois, les choses qui nous paraissent les plus familières nous sont les plus étrangères. Combien de fois Catherine avait-elle franchi cette porte ? On l'avait conduite à Sainte-Lucy lorsqu'elle était bébé, elle y était entrée, enfant, de son pas malhabile, puis au fil des années, jeune mariée, veuve... Les cloches se trouvaient là, au-dessus de sa tête, depuis toujours.

« Danny, balbutia-t-elle.

— Il m'a raconté que le jour où tu lui as donné l'appareil photo, il est revenu à Chelsea, à l'endroit où il m'avait vu avec Bridget pour la dernière fois. Il m'a dit que notre souvenir était plus présent ici, qu'il se sentait plus proche de la maison. Il a observé l'église et y a découvert des choses intéressantes à photographier.

— Je suis passée sous ce porche à des milliers de reprises. Peut-être les ai-je déjà vues, mais je ne m'en souviens pas.

— Ton patron est un sage. Il a compris exactement ce dont les gens avaient besoin. »

Catherine acquiesça. Elle ferma les paupières un instant, laissant le vent lui caresser le visage. Il y avait tant de beauté à saisir alentour.

« On croit toujours qu'on a tout vu, qu'on connaît tout par cœur.

— Mais on oublie, ajouta Christy. C'est si facile de ne pas se souvenir.

— Ou de ne pas regarder.

— Faisons-nous une promesse. (Ses yeux avaient la clarté des mers nordiques.) Celle de ne jamais oublier ce qui nous entoure.

— D'accord. Je te le rappellerai. »

Ils s'embrassèrent, puis à nouveau levèrent la tête vers le fronton de l'église. Sous la nuit étoilée et neigeuse, le grès rose semblait scintiller de l'intérieur. Des raies bleutées jaillissaient des vitraux. Mais c'étaient surtout les cloches qui retenaient l'attention de Catherine : avec leur fine pellicule de neige et de glace, elles semblaient faites en argent. Les lumières de la ville miroitaient dans les rues, sur les trottoirs, sur les façades des immeubles, sur les cloches de pierre, sur Christy Byrne et Catherine Tierney – le forestier du Grand Nord et la jolie New-Yorkaise. Et tandis que les flocons tourbillonnaient dans le ciel, les carillons du bonheur se mirent à sonner.

Photocomposition *CMB* Graphic
44800 Saint-Herblain

Achevé d'imprimer
en juillet 2006
par Printer Industria Gráfica
pour le compte de France Loisirs, Paris

N° d'éditeur : 46093
Dépôt légal : août 2006
Imprimé en Espagne